# GABRIEL TENNYSON

# DEU MERDA!

**COPYRIGHT © 2021 BY GABRIEL TENNYSON**
**COPYRIGHT © FARO EDITORIAL, 2021**

Todos os direitos reservados.
Nenhuma parte deste livro pode ser reproduzida sob quaisquer meios existentes sem autorização por escrito do editor.

Diretor editorial **PEDRO ALMEIDA**

Coordenação editorial **CARLA SACRATO**

Preparação **MONIQUE D'ORAZIO**

Revisão **BARBARA PARENTE**

Capa e diagramação **OSMANE GARCIA FILHO**

Ilustração de capa **RON AND JOE | SHUTTERSTOCK**

ilustrações internas **RON AND JOE, ARTYEM DZYUBA, SKA KEI NEW, ALEXANDER_P, RETROCLIPART, ONELINESTOCK.COM, NATALIYA KOMAROVA, CARTOON RESOURCE | SHUTTERSTOCK**

Dados Internacionais de Catalogação na Publicação (CIP)
Angélica Ilacqua CRB-8/7057

Tennyson, Gabriel
    Deu merda / Gabriel Tennyson. — São Paulo : Faro Editorial, 2021.
    160 p.

    ISBN 978-65-86041-59-0

    1. Literatura brasileira 2. Crônicas brasileiras 3. Humor I. Título

21-0080                                          CDD B869.8

Índice para catálogo sistemático:
1. Literatura brasileira   B869.8

1ª edição brasileira: 2021
Direitos de edição em língua portuguesa, para o Brasil, adquiridos por **FARO EDITORIAL**

Avenida Andrômeda, 885 — Sala 310
Alphaville — Barueri — SP — Brasil
CEP: 06473-000
www.faroeditorial.com.br

# SUMÁRIO

UM POBRE EM BÚZIOS   15
TINDER   19
BARBEARIA CHIQUE   22
ENCOSTO, CARNAVAL E AL PACINO   24
MINHA PRIMEIRA DERROTA NA SEDUÇÃO   27
PEGAÇÃO DE ANTIGAMENTE   29
POBRE NO RODÍZIO   32
MACUMBA   34
GENTE MAGRA MISERÁVEL!   35
NÃO ACEITAMOS
   CARTÕES DE DÉBITO OU CRÉDITO   37
AMIGO 171   39
NADA DURA MUITO   42
BÁRBAROS CIVILIZADOS   44
CAFÉ   46
SÍNDROME DE CORNO   48
HIPOCRISIA   50
ASTROLOGIA É A TERRA PLANA
   SOCIALMENTE ACEITA   52
MÃO DE VACA   54
PAPAI   56

**CAGANEIRA  58**
**ATENDIMENTO  61**
**MANIA DE SEGURANÇA  64**
**ODEIO PRAIA  66**
**DISPOSITIVO ANTIPOBRE  69**
**CINQUENTA TONS DE WANDO  72**
**SOLTEIRO QUANDO ARRANJA NAMORADA  74**
**COMO FUNCIONA A MENTE DOS PETS  76**
**ENTREVISTA HONESTA COM ESCRITOR –
  OU COMO DEVERIA SER...  78**
**MAMÃES  81**
**SACANAGEM DOS ANOS 1990  83**
**A SENSUALIDADE DO FEIO  86**
**O DIA EM QUE BRIGUEI NO FLIPERAMA  88**
**PEGUEI HETEROSSEXUALIDADE LENDO GIBI DO CONAN  91**
**SÍNDROME DE MACGYVER  93**
**A PSICOLOGIA DE TOM E JERRY  95**
**POBRE EM FESTA DE RICO  98**
**GUIA HONESTO DE BAIRROS
  E CIDADES DO RJ  100**
**QUANDO EU ERA ESCOTEIRO  118**

**GANHANDO MÚSCULO E HUMILHAÇÃO** 120
**ESCRITOR CULT E AUTOR DE GÊNERO SE ENCONTRAM NUM BAR** 122
**TRETA DO MERCADO** 124
**CAPRICÓRNIO COM ASCENDENTE EM POBRE** 127
**CASAMENTO** 129
**ENZO** 131
**CONSTRANGIMENTOS** 133
**ANO-NOVO** 135
**JESUS CAPRICORNIANO** 137
**YAKULT** 139
**OUÇA SUA MÃE** 141
**FÉ NAS MALUCA?** 144
**ENFIEI UMA FACA EM MIM** 147
**DIA DE SÃO COSME E DAMIÃO** 149
**MOÇA DO GREENPEACE *VS.* EU** 152
**COMO FUNCIONA GRUPOS DE ALUGAR CASA/QUARTO** 153
**DIA DOS NAMORADOS** 155
**HOMEM FAZENDO ÔMICE** 157

# APRESENTAÇÃO

Sou adepto do pobrismo, uma filosofia que consiste no seguinte:

Entre pagar **R$ 18** num *blockbuster* ou ir ao centro cultural mais próximo para assistir a um filme senegalês que nem o diretor quis ver, escolho a segunda opção.

Funciona, pois transformo minha dureza crônica em pretensão artística.

O pobrismo me livra de ter que falar sobre Woody Allen com quem bebe champanhe francês, enquanto eu só posso pagar por um cálice de Tobi Limão e mal conheço a filmografia dos Trapalhões.

Mas uma vez o pobrismo me traiu, armou uma arapuca.

Recebi um convite gratuito para a apresentação da BR Sinfônica no Theatro Municipal. Para aqueles que não conhecem esse luxuoso prédio, o banheiro de lá é tão bonito que, quando sentei no troninho, a água perfumada intimidou a máquina de churros — barrigar ali seria uma profanação dos meus suados impostos.

Pensei em declinar do convite, mas como era de graça, o Cacique de Ramos em meu sangue falou mais alto. Já podia ouvir meu blusão preto da Malharia Citycol todo empolgado: **"VAMOS, É 0800!"**.

Fui.

Logo de cara, encontrei meu mastodôntico amigo Jonatã. Como eu, ele é uma forma de vida que cresceu em Brás de Pina. Se você não o conhece, ele parece um monstro prestes a destruir Tóquio, mas usa barba de *hipster* e tem um coração enorme – no sentido cirúrgico, mesmo; cabe uma promoção do Habib's nas artérias dele.

Feliz por encontrar um conterrâneo, senti alívio. Não seria o único a ser confundido com o manobrista em meio àquela gente chique, com tanta plástica na cara que precisava levantar a perna para conseguir sorrir.

A questão é que adeptos do pobrismo sofrem de azar.

Eu e Jonatã tínhamos lugares distantes. Ficamos separados por um abismo de gente vestindo Armani.

Pensei com meus botões da Citycol: *Se comporte ou as pessoas vão perceber que o gel no seu cabelo tem tanto álcool que as caspas morreram de cirrose.*

Olhei para o camarote e vi um cara de monóculo. O mais perto que fiquei de um cara de monóculo, até então, foi assistindo ao seriado do Batman barrigudinho.

Entrou o maestro. Olhei o programa. Ele tinha um nome russo ou tcheco – sei lá, esses lugares pra mim são todos frios e com nomes impronunciáveis.

E começou o espetáculo.

Minha ignorância em relação às músicas me obrigou a fechar os olhos e imaginar a trilha sonora de um episódio de *Tom e Jerry*. Não estava entendendo nada; pelo menos na minha cabeça, o gato vencia aquele rato psicótico.

Acabou a primeira música. Uma quietude sepulcral. Quase levantei para bater palma, mas minha namorada à época me salvou com um olhar reprovador. Ela conhecia música clássica. Para mim, música clássica era Duran Duran.

Que show é esse que tem programa até para bater palma? (Sim, tinha. Parecia aquele folhetinho da missa, dizendo o momento em que você senta, o momento em que você levanta.)

Achei tudo muito bonito, muito legal, mas honestamente?

**SER CHIQUE DÁ MUITO TRABALHO**, só que eu gosto é de dinheiro. Então, compra logo este livro e pare de ler na livraria, porque eu não aguento mais andar de BRT.

# UM POBRE EM BÚZIOS

**EM BÚZIOS NÃO TEM GENTE FEIA, POR ISSO FUI LÁ** quebrar essa hegemonia dos córneos perfeitos.

Búzios nasceu com a chegada da atriz Brigitte Bardot, em 1964.

E vai acabar agora com a chegada de Gabriel Tennyson, ou quando vier uma van cheia de gente da Pavuna.

Escuta o que estou falando:

O apocalipse de Búzios não virá com anjos e demônios se digladiando nos céus.

O emissário do armagedom será a Tia Sueli boiando numa câmara de pneu de trator, cercada de pacotes de biscoito Fofura para alimentar seus sobrinhos, Tamires e Uóchiton Flávio.

Fui de BlaBlaCar, um aplicativo de carona em que o passageiro tem a opção de escolher:

1. Gosto de conversar. ( )
2. Às vezes gosto de conversar. ( )
3. O silêncio foi criado por Deus durante o êxodo dos hebreus porque eles estavam viajando. (x)

O motorista tinha a simpatia de um chefe apache que faz artesanato com escalpo de homem branco para vender em Ipanema. E pilotava como o Vin Diesel.

O trajeto deveria durar três horas, mas durou uma hora e cinquenta, porque o cara dirigia como se estivesse sendo perseguido por um tiranossauro.

Gostei dele. Para começar: Búzios é uma cidade linda. Tão simpática que até os argentinos são gente boa. Argentino gente boa só pode ser androide com cabelo de Renato Gaúcho.

Não é natural. Não é de Deus.

Mas voltando...

Em Búzios, a criminalidade é praticamente zero.

De madrugada, as pessoas andam com dinheiro. Para um autêntico habitante do Rio, isso causa estranheza.

Ainda acho que tem algo diabólico em Búzios. Sem roubo? Sem assalto?

Búzios deve ser uma Westworld onde todo mundo é robô. Deve ter um laboratório subterrâneo onde um cientista argentino cria as pessoas. Ou deve ter um palhaço argentino que mora nos esgotos e que sequestra as crianças da Pavuna.

Eu, como um bom usuário de BRT, estava feliz em Búzios. As vans não ficavam lotadas, ninguém falava alto ou escutava funks com letras que deixariam um proctologista constrangido.

Mas eu sou tão azarado que peguei uma van com pessoas que também andavam de BRT.

Ou de 942 Penha x Pavuna.

Atrás de mim e da minha amiga Cinthia vieram quatro formas de vida com bigode descolorido. Baal, Pazuzu, Bafomé e Glasyalabolas falavam alto e escutavam algum funk do MC Gorila, cujo refrão romântico fazia referência a sexo anal e diarreia.

Até que entrou um daqueles velhos que furam bola de criança e varrem calçada às 5h da manhã. Ele cismou que queria sentar na ponta, onde estavam duas argentinas.

— *Joimbre de mi ombre, vamos descer um poquito a frente* — disseram as argentinas.

— Chega pra lá que eu vou *poquito* também! — o velho retrucou.

Mas não ia.

O velho sentou na ponta e desceu depois das argentinas, que tiveram que fazer acrobacia para passar por ele sem piorar a artrite. Ele desceu cinquenta metros à frente, reclamando que o motorista não tinha parado a trinta centímetros da lotérica.

Dizem que devemos ter empatia, mas toda empatia é seletiva.

E desejo ao velho asfixia nas narinas peludas.

Desci da van e peguei um Uber para ir à cabana que tinha reservado. Segundo o aplicativo de hospedagem, o local ficava perto da estrada.

Mas entrei numa rua de terra, típica de filmes como *O massacre da serra elétrica*.

Ali não tinha assaltante. Nem famílias de canibais praticantes de incesto.

Mas tinha um cara que era **IGUAL AO CHICO BENTO**. Não é zoeira e a Cinthia pode confirmar.

O Chico Bento usava chapéu de palha, cultivava uma monocelha e estava sentado em cima de um muro, roubando goiaba.

Chegamos à tal "cabana".

Cabana = um quartinho abafado com um ventilador teco-teco, no terreno de uma família que escutava louvor no mesmo volume do Rock in Rio. A geladeira estava desligada. Tinha formiga vermelha na cama.

E não tinha laje. Aquele aposento recebia tanto sol na telha, que a única coisa que me impedia de virar o Hulk era que amianto bloqueava os raios gama.

Quando falei que não havia condições de dormir naquela estufa de maconha, uma garotinha abriu a janela sem permissão e falou:

— Toma, moço. — Ela me ofereceu uma garrafinha de água. — Não tem ventilador bom, mas tem água gelada.

Trezentos mililitros de água para suportar um calor de oitenta graus, música gospel e uma garotinha com monocelha (devia ser filha do Chico Bento).

A matemática não batia.

Cancelei a estadia e achei um lugar melhor pelo dobro do preço.

Aí, sim, Búzios entrou no meu coração.

As praias são maravilhosas, os robôs argentinos são simpáticos, a comida é incrível, embora alguns restaurantes cobrem tão caro que, quando chega a conta, você pensa que tá comprando um terreno na cidade.

Búzios, assim como o Rio, tem PF barato de boa qualidade, assim como tem local tão chique, que aceita pagamento em dólar, bitcoin ou meia hora de boquete no cantinho da cozinha.

Uma cidade onde fiquei menos de 48 horas e já quero morar.

Recomendo que vocês visitem Búzios.

Menos quem for da Pavuna. Vocês já têm Rio das Ostras.

# TINDER

**QUEM NUNCA TEVE UM ENCONTRO ESQUISITO AO** dar uma dedada imprudente no Tinder? O meu começou quando a mina me convidou para uma festa alternativa.

Não havia nada em seu visual ou comportamento que sugerisse a dimensão desse "alternativo".

E lá fomos nós.

O choque inicial foi perceber que eu não estava vestido adequadamente para a ocasião: jeans, tênis e camiseta.

Ela parecia uma *cosplayer* da Arlequina, sendo que, no calor carioca, a maquiagem gótica derreteu e ela ficou parecendo o Coringa do Heath Ledger.

Na porta de uma boate que lembrava uma masmorra, fui revistado por um motoqueiro com lentes de contato vermelhas. Como eu estava vestido "basicão", ele me tocou com tanta repulsa que parecia que eu estava com lepra.

Entrei.

Para começar, o DJ tocava um som "industrial".

Som industrial leia-se como: cacofonia de serra elétrica, furadeiras de parede, latões de lixo e gritos de crianças chinesas aprisionadas em

contêineres fazendo cadarços para a Nike — tudo isso com alguns bip-bops de teclado *à la* Depeche Mode.

Até aí tudo bem. Experiência nova, né?

Mas...

E sempre tem um "mas"...

Começou um show performático no palco.

Entrou um anão com roupa de látex e bunda de fora. Ele parecia uma mascote da Jontex. O anão deitou de bruços numa espécie de mesa de tortura.

E entrou uma dominatrix.

Uma das mulheres mais gostosonas que eu já vi na vida. Com exceção do fato de ela estar vestida como um integrante do Mortal Kombat.

Chicote, salto agulha e...

**... MÁSCARA DE GÁS????**

A Lady Mortal Kombat puxou uma palmatória.

E ficou espancando a bunda exposta do anão.

Mas não era aquele tapinha de sexo selvagem. Era umas porradas que vibravam nas minhas obturações.

Depois de dois minutos, a raba do anão parecia o cu de um babuíno. Dois badalos cereja tamanho rodízio.

Calma, vai piorar. No meio do show, entrou uma galera peladona, cheia de tinta no corpo. Eles cercaram o anão-camisinha e a Madame Mortal Kombat, depois começaram a se esfregar nas paredes do palco.

A essa altura eu estava tão impressionado que achei que a galera ia fazer uma ciranda, enfiando o dedo um no cu do outro.

Mas a galera começou a induzir vômito

E saía GUACHE...

Guache colorido.

**ISSO MESMO!** O *Exorcista* encontra *Os ursinhos carinhosos*.

Após todo esse horror, a música cessou. Os artistas agradeceram a plateia e disseram:

**— DIGA NÃO AO CAPITAL!**

Aquilo era uma crítica ao capitalismo? Ou eu sou burro ou a galera alternativa é mais alternativa do que eu pensava.

E não teve um segundo encontro porque, né?

**EU SÓ QUERIA TOMAR UM CHOPE!**

# BARBEARIA CHIQUE

**FUI CORTAR MINHA CALVÍCIE NA BARBEARIA *HIPSTER*.**
O barbeiro parecia um lenhador com tesoura de jardinagem. Em sua mão cabia uma peça de picanha. Careca, alto, músculo até na unha, barba tão máscula que causou uma súbita queda nos meus índices de testosterona.

Intimidado pelo *viking* de tesoura na mão, sentei caladinho e observei o lugar.

Ali vendia cigarro. Tinha um sofá com um Xbox para os clientes. O jogo favorito era de futebol. No alto da parede, um quadro do John Wick segurando uma pistola capaz de abater um F-14.

Fui contaminado por toda aquela atmosfera viril. Senti vontade de cuspir no chão e jogar no bicho, de comprar uma carreta e ouvir Roberto Carlos cantando sobre o sorriso da banguela.

Enquanto esperava, o barbeiro perguntou com a voz de uma divindade entregando seus mandamentos em pedra:

— **VAI UMA CERVA AÍ, IRMÃO?**

O relógio marcava 9h30 da manhã, muito cedo para uma cerveja, mas eu me senti pressionado.

Se o Jason Momoa te oferecesse um prato de carré no café da manhã, você perguntaria se tinha Sucrilhos? Não, né?

— Vou sim — respondi desafinando mais oitavas do que uma galinha-d'angola.

Fiquei esperando minha vez. O lenhador conversava com um cliente com cara de bárbaro huno. O papo era sobre direitos LGBT.

Pensei: *Fodeu! Se eu, tampinha, sentindo minha pele passando de marrom-pagodeiro para amarelo-diarreia, der minha opinião pró-casamento gay, esses visigodos vão me dar porrada.*

Comecei a procurar alguma arma. Se tinha charuto e cerveja às dez da manhã, devia ter uma espada atrás do balcão.

Até que um deles disse:

— A galera enche o saco com a voz da Pabllo Vittar, mas não reclama do Mr. Catra, que parece uma foca com pneumonia. Tá mais pra preconceito essa implicância.

Moral da história:

**SEMPRE JULGUE UM MACHÃO POR SUA APARÊNCIA, POIS O TEXTO ACIMA É TUDO FANFIC E ELES ERAM HOMOFÓBICOS.**

Tchanã.

# ENCOSTO, CARNAVAL E AL PACINO

**NO CARNAVAL DE 2008, FIQUEI TÃO TRÊBADO QUE** acordei na fila do banheiro químico, deitado no colo de uma argentina.

Não, eu não peguei a moça; afinal, servia de hospedeiro ao ESPÍRITO OBSESSOR da AMBEV. O deus hindu Brahma havia me escolhido para pregar seu evangelho com a língua enrolada.

O papo com a argentina deve ter sido transcendental, coisa de alma gêmea, pois a moça estava fazendo MINHA SOBRANCELHA NA FILA DO BANHEIRO QUÍMICO!

Não pergunte. Eu não sei como, quando ou por que estava ali. Se naquela época tivessem me filmado bêbado, estaria agora eternizado no YouTube, só de cueca, amarrado numa maca, gritando: **ROMERO BRITTO? GUARAPARI, MINHA VIDA?**

Eu sei que, após três dias de folia, minhas amígdalas já estavam tão grandes que pensei em registrá-las em cartório com meu sobrenome.

Com minha garganta na temperatura de Bangu, peguei o caderninho do plano de saúde e busquei um especialista O.T.O.R.R.I.N.O.L.A.R.I.N.G.O.L.O.G.I.S.T.A.

Tente falar isso 23 vezes, com amigdalite ao telefone, e você desejará um médico que aceite fazer eutanásia. Toda vez que eu falava, a atendente me encaminhava para uma clínica de reabilitação, achando que eu estava chapado de LSD:

— Preciso de um médico **TÔ RINDO DO LANGO LANGO NA LOGÍSTICA.**

Acontece que O-MÉDICO-DE-GARGANTA é um especialista tão especial que não atende emergência. Pelo menos não no plano de saúde que eu tinha. Em todo clínico geral que eu ia, escutava:

— Cara, essa tua amigadaszelite tá braba. Vão ter que puncionar com seringa para extrair a secreção. Somente especialista faz isso.

Em outras palavras: "Volta na semana que vem quando isso aí virar tumor que eu opero".

Enquanto isso, todas as farmácias do bairro já tinham colocado meu nome no SERASA. Eu estava comendo antibiótico como se fosse M&M's.

Mastigar doía. Beber água doía. Engolir saliva doía. Doía sempre que eu tentava, tipo assim... EXISTIR.

No desespero, com medo de receber uma visita não solicitada do Al Pacino, vulgo **DEABO**, resolvi consultar o Google.

Àquela altura do campeonato, eu aceitava qualquer ajuda, até xamanismo de coach quântico.

Já consultou o Google para saber sobre sintomas de qualquer doença? Espirrou? Tá com EBOLA. Tossiu? É câncer com certeza. Já pode clicar nesse anúncio da Funerária Deus É Mais. Tu é canhoto? Sinal nítido de possessão demoníaca.

Depois de assistir a um tutorial no YouTube pra fazer autocirurgia com faca de plástico, finalmente fui ao posto de saúde.

Na triagem de atendimento, o recepcionista só podia estar sorteando umas bolotas numa gaiola de bingo para dar os sintomas:

— O que o senhor tá sentindo?

— Tô com febre — disse um tiozinho.

— **VIROSE.** Senta ali e espera chamar.

Aí entrava um cara baleado.

— O que o senhor tá sentindo?

— Uma bala de AR-15 andando nas minhas costelas.

— VIROSE. Senta ali e espera chamar.

E chegou minha vez.

— O que o senhor tá sentindo?

— Tô com medo do Al Pacino.

— Como assim?

— Moço, tô com EBOLA, CÂNCER E ENCOSTO, pelo amor de Deus, me ajuda aí!

O desespero na minha cara tava tão comovente que o cara falou:

**— ACHO QUE NÃO É VIROSE. PERAÊ**, vou chamar o médico.

Finalmente fui atendido. Um médico idoso. E médico idoso quase sempre é Raiz! Pensei que o cara ia me passar um monte de exames, mas ele só cheirou meu suor e sentenciou:

— Amigdalite, rá!

— E agora, doutor?

— Benzetacil.

Pausa na história.

Reza a lenda que Benzetacil dói tanto quanto uma amputação. A agulha é do tamanho de uma tubulação de esgoto.

Eu sabia disso.

Meu cérebro sabia disso.

Mas minha amigdalite disse:

**— QUERO.**

E eu quis.

Mermão...

Levar a injeção foi como se TODOS OS TATUADORES DO PLANETA tivessem concentrado uma MEGAZORD de agulhas na minha bunda.

Sim, Benzetacil é na bunda. Se for no braço, cresce um Arnold SWARZNEGGER (sei lá como escreve!) no local da injeção.

Saí da clínica mancando.

E o milagre aconteceu: em menos de quatro horas, eu tava bebendo água, engolindo saliva. Deus abençoe o inventor da Benzetacil!

Tá com Ebola?

Tome Benzetacil.

Tá possuído pelo Satanás?

Tome Benzetacil!

# MINHA PRIMEIRA DERROTA NA SEDUÇÃO

— **COÉ, NOVINHA. DEMORÔ TROCÁ UMAS BEIÇADA?**
— Tu num guenta batê virilha cumigo, mó borracha fraca.

Esse diálogo shakespeariano na verdade veio de dois estudantes com idade para assistir a Ben 10, dentro do ônibus Caxias-Pilares.

Ao escutar isso, me senti tão velho que fui tomado por uma vontade irresistível de aprender piadas de pavê e frequentar churrascos de família para perguntar à molecada: **"E AS NAMORADINHAS?"**.

No meu tempo de moleque, não tinha zap, Messenger, internet. Você precisava decorar um discurso pra quebrar a mina na ideia. Eu nunca conseguia falar o que havia decorado.

Certa vez, na quinta série, decidi me declarar para a menina mais gata da escola. A menina saiu da sala. Eu fui atrás, pronto para soltar meu papo, mas ela entrou no banheiro.

Naqueles minutos em que ela estava no toalete, relembrei meu discurso: **"PÔ, COLEGA,** meu nome é Gabriel, será que haveria condições pá eu te conhecer melhó?".

Foi quando a menina saiu do banheiro com a arrogância típica de quem sabe que tá abafando.

Eu:

— Oi.

Para a minha surpresa, ela disse:

— Oi. — E sorriu.

ELA, A TODA GATA, SORRIU PRA MIM 😊

Eu não podia perder a oportunidade. O universo conspirou, Saturno e Marte em consonância gritando:

**— VAI QUE É TUA, GABS!**

Enchi o peito de orgulho e hormônio...

E me tornei o caso mais jovem a sofrer de Alzheimer.

O discurso evaporou do meu quengo.

Branco total.

Ela ficou me olhando com uma expressão que podia ser curiosidade ou desprezo absoluto.

Passaram-se dez segundos.

Eu calado.

Passaram-se vinte segundos.

Eu em silêncio, tentando me recuperar da demência.

Passaram-se quarenta e cinco segundos.

Até que falei a primeira coisa que me veio à cabeça, uma frase que entrou para a história da arte da sedução, uma sentença carregada de *sex appeal* e erotismo:

**— AÊ, HEIN! FAZENDO COCÔ!**

# PEGAÇÃO DE ANTIGAMENTE

**ANTES DO TINDER — EM QUE AS PESSOAS USAM** tanto efeito na foto que o dono do perfil poderia ser o intérprete do Sméagol —, a raça humana entrava no cio e depois no bate-papo do UOL.

Para quem é jovem e não sabe que Michael Jackson nasceu negro, vou explicar:

O bate-papo do UOL era um chat *on-line* onde não existia pobre. Todo mundo morava em Brás de Pina ou Caruaru do Norte, mas se apresentava como ADVOGATA ou **MÉDICO_LINDO_27CM** (genitália que não fosse um instrumento de tortura medieval também não existia). Jamais usavam apelidos como Pedreiro de Caxias ou **BALCONISTA_FEIO14CM**.

Eu nunca entendi essa mania em se orgulhar de um pau capaz de localizar o ponto G de uma baleia. Vinte e sete centímetros? Um pênis desse tamanho merecia um CPF ou ser batizado numa igreja com o nome de Caralho da Silva.

No entanto, devia ter quem gostasse, já que era uma geometria frequente no site.

Não havia foto de perfil nos primórdios da internet discada (depois criaram esse *update*), de forma que arranjar um encontro era um salto de fé.

E em **99%** dos casos, esse salto terminava em um abismo repleto de gremlins, mas eu nunca liguei muito para isso. As mulheres também entravam no site e se encontravam com caras como eu: numa escala de beleza em que zero era o Marquito e dez, o Ben Affleck, eu ficava ali na faixa do 2 (3 depois de muita cerveja).

Posso dizer que muitas das minhas pegações no shopping deixavam os seguranças apreensivos. Juntava dois filhotes de cruz-credo com muito hormônio e Polenguinho acumulado nas glândulas. Os seguranças apartavam achando que era briga.

Vez ou outra, eu tirava a sorte e conhecia alguém muitas notas acima de mim na escala de beleza. Nessas horas, eu precisava compensar minha falta de simetria facial com alguma coisa.

Minha arma sempre foi o humor.

Quando eu percebia que a mulher ia ter um choque anafilático se eu tentasse beijá-la, iniciava um *stand-up comedy* até deixá-la drogada com a própria serotonina.

Mas antes do UOL, em tempos jurássicos, quando o palhaço Bozo e a Mara Maravilha ainda caminhavam pela Terra, as pessoas usavam outro aplicativo para arranjar encontros.

Se chamava: **CRIE CORAGEM E CHAME A MENINA PARA SAIR DURANTE UMA FESTA.**

Como sempre fui autoconsciente de que meu rosto não nasceu em Full HD, a evolução darwiniana me deu bom papo (Fabrício Carpinejar sabe do que eu tô falando).

Contudo, conheci um cara que era meu oposto, quase meu Lex Luthor.

Valmor era um sujeito bonitão, másculo, alto, mas tinha o carisma de um acidente de trânsito.

Numa festa, uma menina gata ficou secando o Valmor, enquanto ele dançava com a sensualidade de uma muralha.

Eu nunca vou esquecer o ocorrido.

Naquele tempo, o machismo não estava sendo debatido como hoje e colocamos pilha para o Valmor chegar na menina, sem imaginar que as capacidades comunicativas do sujeito fariam um orc parecer o **LEANDRO KARNAL**.

Após muita pressão social, Valmor se aproximou da menina e sussurrou em seu ouvido. A garota lhe deu um tapa que, por um segundo, abafou a canção do The Smiths.

Valmor voltou cabisbaixo. Nós olhamos para o cara sem entender como um deus grego que seduz até respirando conseguiu aquele resultado.

Curiosos, perguntamos:

— **PORRA, VALMOR!** Que merda tu falou pra mina te dar um tapa?

Ele nos olhou com suas bilhas verdes e disse:

— E aí, colega. Coé desse cu?

E essa foi a história de Valmor, o gatão que quando abria a boca invertia a polaridade do intestino.

# POBRE NO RODÍZIO

**QUANDO ENTRO NUM RODÍZIO DE CARNES CHIQUÉRRIMO,** o gerente ativa seu pobrômetro e me escaneia:

> Forma de vida suburbana **DETECTED**.
> **Espécie:** *Homopobris proletarius*.
> **Cor da pele:** marrom-pagodeiro.
> **Nomes possíveis:** Bira, Ney, Zé... ERROR.
> **Altura externa:** baixinho.
> **Altura interna:** poço sem fundo capaz de nos dar prejuízo.
> **Tipo de dieta:** onívoro, mas hoje só vai comer carne nobre, esse desgraçado!
> **Habilidades físicas:** uma vez de estômago lotado, ativará espaço suplementar para acumular picanha até no baço e nas unhas.

É nesse momento que eu me sinto um trapaceiro vigiado pelo cassino. Já viu aqueles filmes em que um especialista observa o cara que rouba no baralho?

Pois é. Eu sou o jogador espertinho.

Como um bom jogador, eu memorizo a sequência do rodízio: linguiça, asinha, coração, picanha e carnes nobres.

Em desespero contido, a casa me oferece benefícios para sair de lá rapidamente.

— Senhor, aceita essa linguiça?

— Não, obrigado. Isso eu como na laje cuzamigos. Traga de picanha pra cima, *please*.

Vejo uma gota de suor na têmpora do garçom. Ele dardeja o gerente com um **OLHAR DE PÂNICO.**

E começa a brincadeira.

— Coxinha, senhor?

— Não.

— Asinha, senhor?

— Não.

— Carne de cordeiro, senhor?

— Sim.

— Uma Coca-Cola, senhor — diz o garçom, recebendo instruções do gerente através de um ponto no ouvido, na esperança do gás reduzir o buraco extradimensional em meu estômago.

— Vou querer uma caipirinha — respondi, sabendo que a cachaça ia corroer as paredes estomacais e abrir um órgão extra para caber javali com alho.

Uma hora se passa.

Eu: nhac, nhac, nhac, nhac...

Duas horas se passam.

Eu: **CHOMP, CHOMP, CHOMP** (é que agora tô comendo salmão).

Três horas se passam e os garçons já começam a me ignorar.

Mas eu insisto: estalo os dedos e peço mais carne na maior cara de pau.

O gerente, sem jeito, prestes a pedir que eu me retire, se aproxima.

Eu, acostumado a passar vergonha, me antecipo:

— A conta!

O gerente, respirando aliviado, oferece:

— Cafezinho, senhor?

— É cortesia? — pergunto.

O gerente começa a chorar e responde:

— Sim.

# MACUMBA

**JÁ REPARARAM UMA COISA: QUANTO MAIS LONGE E** em local inóspito fica o centro de macumba, mais poderoso ele é?

Ninguém recomenda centro na Tijuca ou no Grajaú. Tijucano nem deveria ter direito a entrar em uma curimba; eles possuem aquela cara de cidadão católico, branco, pró-vida.

Sempre que recomendam um terreiro, a parada só fica boa mesmo depois de Bento Ribeiro. No nível da macumba *hi-power*, tu acha umas mães de santo que, na rua, andam de bengala por causa da artrite, mas quando viram no Erê, gingam capoeira igual personagem de *Street Fighter*.

Se a macumba for em um sítio longe, a coisa tem tamanho poder, que, em vez de montar o pai de santo, o pai de santo monta a entidade manifestada do próprio éter, como uma **MULA SEM CABEÇA** soltando fogo e vento pela fuça.

Uma vez, numa encruzilhada, eu vi um despacho cujo prato de barro era tão grande, que o troço virou uma rotatória, quase uma praça onde os carros contornavam com medo de explodir.

Rodeado de velas pretas, tinha um crânio de cera com um nome talhado na testa:

Cleber.

Mano, eu não sei quem o Cleber irritou para merecer um míssil espiritual daquele, mas se o feitiço pegou, ele deve ter virado uma estátua de sal ou entrado em combustão espontânea igual no Antigo Testamento.

# GENTE MAGRA MISERÁVEL!

**TENHO UM AMIGO QUE NUNCA ENGORDOU NA VIDA,** apesar de comer como uma hiena. Enquanto isso, se eu comer um KitKat, engordo tanto que ganho um órgão novo na minha cintura.

Eu faria um pacto com Satã se ele colocasse um vórtice temporal no meu estômago. Imagine comer o quanto quisesse no presente e o EU do passado receber as calorias?

Opa, se o meu eu passado engordar, logo meu eu atual estaria gordo do mesmo jeito.

Até na ficção científica a gordice me vence!

Por falar no anjo caído, acho que a prova de que o criacionismo é balela é que biscoito recheado não dá em árvore. Só nasce coisa ruim da terra.

Beterraba, alface, fruta-do-conde.

Se a fruta do pecado no jardim do Éden fosse jaca, duvido que Adão e Eva tivessem comido aquela porra.

Só o cheiro já daria uma pista de que aquilo era obra do cão.

Dizem que Deus criou a maçã como a fruta do pecado.
**SATANÁS A AMALDIÇOOU.**

E algum francês miserável a cortou em cubinhos e jogou na salada achando que ia ficar bom.

Se salada fosse algo bom, tomate nascia recheado com *cream cheese*. Salada é algo que se come para adiar o AVC. É um hábito adquirido, tipo beber cerveja: o primeiro gole é horroroso.

Hoje eu até pago para mergulhar numa piscina de chope.

Maldita falta de personalidade.

A sociedade me pressiona a ser sarado, mas também me ensinou a gostar de cerveja.

Ô sociedade, decide aí: ou eu bebo cerveja para ficar gordo e feliz ou eu como um almoço saudável com sabor de tristeza e caspa.

**MALHAR É UM PARADOXO.**

Você paga para sentir dor e carregar peso, mas jamais aceitaria trabalhar de ajudante de obras mesmo que te pagassem por isso.

**ODEIO VOCÊS, MAGROS!**

Se eu pudesse, faria macumba para cada esguio infeliz.

Mas meu exu tá tão acima do peso, que eu gastaria uma nota comprando toda a farofa do Carrefour.

# NÃO ACEITAMOS CARTÕES DE DÉBITO OU CRÉDITO

**EU COMPLETARIA ESSA PLACA COM "PAGUE SEU** salgado e Guaravita em especiarias ou sal. Também aceitamos sacrifícios a Jeová como forma de pagamento".

Estamos no século XXI. Como primata que usa o polegar opositor para digitar senhas, sinto-me indignado quando vejo um anúncio desses.

Isso QUANDO tem o aviso.

Já aconteceu de eu entrar em um bar todo cheio de madeira envernizada, letreiro luminoso da Heineken e, na hora de pagar, o garçom dizer:

— Só aceitamos dinheiro.

Aí você olha para a região que circunda o estabelecimento.

O caixa 24 horas mais próximo fica dentro do único Bon Marché do Iêmen, esquina com um saci que vende tangerina numa barraca.

Alguns comerciantes fazem questão de perder o freguês.

Você vai a um restaurante, paga R$ 200 de conta, pede um cafezinho de cortesia, e...

— O café custa seis reais, senhor.

Dá vontade de responder:

— Então arria minha calça, porque **TOMAR NO RABO É DE GRAÇA.**

**MAS GRAÇAS A SATANÁS** temos o contrário também. Humildes empreendedores que, se tivessem ajuda do BNDES, seriam os novos Bill Gates.

Vi um sujeito que vendia quentinhas na Barra da Tijuca. No isopor da bicicleta tinha adesivo com todas as bandeiras de cartões. Até ticket refeição o rapaz aceitava. Como se não bastasse, quando perguntei se havia uma pracinha onde eu pudesse sentar para comer, o cara deu uma de Power Ranger e puxou uma mesa montável do bolso da bermuda. Entregou talheres de plástico, candelabro e um violinista que tocava "Amigos para sempre", do Plácido Domingo.

Mas existe uma nova classe de vendedor no Facebook.

Ele escreve textão detalhando as funcionalidades de seus produtos, mas, quando você pergunta o preço, ele diz:

**"INBOX."**

Olho o post e logo me dá vontade de encarnar o Zé Pequeno:

*Inbox é o CARALHO! Dá o papo reto, tu não tá vendendo o baguio? FALA O PREÇO e para de pombajirisse!*

# AMIGO 171

**QUANDO CRIANÇA, DISSE À MINHA MÃE QUE GOS**taria de trabalhar com cinema. Como ela acreditava no meu potencial, disse que ajudaria no meu sonho de trabalhar na área.

Por isso me ensinou a fazer pipoca.

Não era bem o que eu queria, mas imaginei que, se dissesse que minha segunda opção era ser boxeador, ela provavelmente teria me enfiado porrada de forma mais didática do que o recomendável pelo Estatuto da Criança.

Mas, em termos de imaginar profissões, nada se comparava ao dom para mentira que encontrei em Ary, um amigo meu.

Toda vez que o encontro na rua, ele tem uma profissão nova. Ary já foi engenheiro de moto da Honda, policial civil, médico e até agente secreto da NSA.

O motivo pelo qual um agente secreto da NSA contaria sobre sua profissão dentro da van Cacuia x Cocotá me é totalmente enigmático, já que o emprego deveria ser secreto. Mais estranho ainda é ouvir a revelação com a trilha sonora do Raça Negra que saía do rádio da kombi.

Quem não conhecia Ary, geralmente caía em sua lábia achando que o sujeito era o Batman de Brás de Pina; de dia um biscateiro contumaz, à noite um homem imerso em fantasias para pegar mulher. No intuito de impressionar garotas, já vi Ary chorar pelo Porsche batido que jamais teve.

Em uma de suas tentativas mitológicas de sedução, Ary cometeu um erro de cálculo abominável. Estávamos em um acampamento típico, sentados ao redor da fogueira, até que um desalmado fez aquilo que é um clichê de todo acampamento:

Pegar um violão e tocar Legião Urbana.

Ele queria aumentar suas chances de conseguir um coito.

Esse violeiro — que chamarei de **ESPÍRITO SEM LUZ DESPROVIDO DE ECTOPLASMA** — puxou seu instrumento e começou a entoar "Eduardo e Mônica".

As meninas acompanhavam a canção fazendo uma dancinha inconsciente com ombros e cabeças.

Ary, enciumado com a audácia daquele Bardo de Nova Iguaçu, fechou os olhos e começou a meditar, vasculhando em seu repertório de mentiras algo que pudesse sabotar o Don Juan de Caralho.

Até que Ary disse:

— Eu sei tocar gaita!

O violeiro parou a canção.

— Sério?

— Sério! — Ary estufou o peito, captando alguns dos hormônios femininos no ar. — Se tivesse uma gaita aqui, a gente podia levar a música juntos.

Nesse momento, o universo alinhou improbabilidades tão ínfimas que seria mais fácil gerar vida a partir de silício.

— Pô, eu tenho uma gaita na mochila — disse o violeiro.

Juro que vi os olhos de Ary eclipsarem a fogueira como luas gêmeas em um planeta alienígena. **ANTEVENDO A HUMILHAÇÃO**, me encolhi dentro da camiseta a ponto de conseguir interagir com novas partículas subatômicas.

O violeiro pegou a gaita na mochila e entregou a Ary. Meu amigo mitômano, coitado, pegou a gaita como um índio asteca decifrando uma sonda espacial.

Ary colocou a gaita na boca.

E o que veio em seguida foi a situação mais constrangedora da música desde que Carlinhos Brown aceitou se apresentar no Rock in Rio para fãs de heavy metal.

Ary tentou fazer respiração boca a boca na gaita para tentar salvar uma vida — a dele, não a da gaita.

Uma das meninas olhou para Ary como se tivesse acabado de colocar uma armadilha de urso na genitália. Enquanto ele conseguia o fenômeno de piorar uma música da Legião Urbana, a garota — que antes estava interessada — ficou tão pouco receptiva ao sexo, que vi crescer bigode no rosto dela.

Conforme Ary avançava na canção — e chamo "aquilo" de canção por não existir no homem capacidade para definir o inominável —, ela fechou a cara, criou músculos e mudou o nome para Rodolfo.

Depois de uma sequência atonal de "fins fó fóns" que fizeram Beethoven descer puto da vida em algum terreiro de macumba, Ary entregou a gaita e disse na maior cara de pau:

— **PÔ, ESSA GAITA PRECISA DE AFINAÇÃO.** A minha tá em Dó menor.

# NADA DURA MUITO

**FUI DAR UMA OLHADA EM UMA LOJA DE MÓVEIS,** mas só vi nugget de serragem com gavetas. O armário pesava menos do que uma biruta de posto de gasolina, embora tivesse o preço de uma cadeira Luiz XV parcelada em doze doações de órgãos sem juros.

Quanto maior a tecnologia, menos dura um objeto. Hoje as TVs são em 4K, pegam internet, Netflix, Spotify, fazem café, prestam vestibular para medicina... Contudo, após cinco ou seis anos, tchau, *bye, bye*! As TVs antigas, com botão seletor de forno de padaria, passavam de avô para pai e de pai para filho e matavam um cachorro médio se caíssem em cima dele. Apesar da definição em 3 DPIs, elas aguentavam queda de luz, as porradas do Carlos Alborghetti, HBO e aprisionavam fantasmas japoneses que moravam em um poço.

Quem tem móvel de madeira que segure o seu ou restaure para vender por preço de urânio.

Vejamos, por exemplo, os videogames. Qual a necessidade de um Playstation 4? O PS3 já tinha ótimos gráficos. Agora você paga o triplo em um jogo porque o bonequinho tem uma barba em alta definição.

A jogabilidade evoluiu? Não.

Continuam lançando *Call of Duty Modern-warfare-with-desert-combat-experience-plus-master-thiefs-edition-for-otárius-rich-people* — o diferencial são os 16 pixels extras na mira do fuzil AK-47 cujo *download* você paga na PSN pelo preço de um Nintendinho e duas paçocas.

Eu já estava feliz com *Shadow of Colossus* do Playstation 2. Agora, se eu quiser um videogame, preciso retirá-lo numa concessionária e conseguir um fiador. Dá para trocar *GTA 6* por um sítio em Guapimirim e você nem consegue um jegue de brinde. Só o sítio, sem caseiro.

Até os cães e gatos inflacionaram e dão mais problemas. Antigamente, a gente alimentava o cachorro com um prato de angu e farofa de ração Biriba. O bicho ficava tão forte que latia: **"THIS IS SPARTA!"**.

Agora o cachorro faz tratamento com florais de Bach e terapia ocupacional para depressão.

Mermão, eu curo minhas neuroses com cachaça, porque psicólogo é muito caro. Até o pet vive melhor do que eu!

# BÁRBAROS CIVILIZADOS

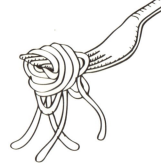

**OS CHINESES INVENTARAM O MACARRÃO PARA SER** um canudinho com o qual tomavam sopa. Então apareceu Marco Polo, aquele bárbaro gourmet, e inventou de cozinhar o canudo. O "civilizado" tá sempre fazendo merda, reparou? Não pode ver um povo vivendo em paz que já vai **INVENTAR MODA.**

Deus criou a terra. Bastava puxar uma banana da árvore, mas nós, esse bando de macacos entediados, achamos que seria uma boa ideia trabalhar para comer.

Pra que costurar roupa com couro de animal, pentear cabelo e construir cabanas? Estávamos indo bem, todo mundo pelado nas cavernas, quando temíamos relâmpagos no céu achando que o Senhor estava bolado com o carneiro vencido que tínhamos lhe oferecido em sacrifício.

Quem foi o desgraçado que inventou isso de ter uma carreira? Eu não queria ter uma carreira. Só queria chupar tangerina enquanto assistia a sete temporadas da minha pele envelhecendo.

Veja o que fizeram com os coitados dos índios. Índio não tinha carreira. Sua aspiração profissional era ser apenas índio. Mas logo apareceu o safado do Sting, vocalista do The Police, e deu uma camiseta da seleção brasileira para aquele Ubirajara perdido no Xingu. O coitado do índio agora sofre de algo inédito:

A incompletude.

Agora ele sabe que existe camisa do Brasil, portanto, que existe um Brasil que jamais deveria ser mencionado. O índio passou a torcer pela Seleção, oferecer a esposa por um rádio AM e descobriu que — para sua infelicidade católica recém-adquirida — a tal poligamia é um pecado que vai levá-lo ao inferno.

Nós é que deveríamos fazer um êxodo para a selva e abandonar as cidades, aprender com os índios uma vida mais tranquila.

Eu seria feliz nu, caçando javali; porém, essa felicidade está condicionada ao esquecimento de que um dia usei **CUECA BOXER**.

Será que os índios possuem algum chá ou pajelança para apagar a memória?

Se tiverem, seria melhor nem divulgar, pois logo terá algum *coach* doutor em gratidão querendo encaixotar Alzheimer e vendê-lo na Polishop para quem levou chifre. Porque nós somos essa praga; levamos o antibiótico ao índio junto com a pneumonia bacteriana.

Se existir um universo paralelo, espero que, assim que Cabral pisar no solo, algum cacique lhe ofereça um acarajé envenenado logo na primeira noite de escambo.

Não aceita esse espelho, meu amigo pataxó! É cilada, Bino. Dá uma flechada nesse portuga antes que seja tarde.

Olha o que aconteceu aos incas! Um dia eles ergueram um império glorioso de pirâmides e hoje **TOCAM MÚSICA GOSPEL** com flauta no Largo da Carioca.

# CAFÉ

**A MÁQUINA DE ALUMÍNIO DA PADARIA FOI CONS**-truída por algum beduíno de uma região vulcânica onde as casas são erguidas com lava seca. Isso faz dar uma bicada no copo americano de padaria um esporte de risco.

Tem gente que pula de asa-delta.

E tem gente que bebe o café sem dar aquela assopradinha preventiva.

Já aconteceu comigo mais de uma vez. Drogado de sono, cego por remelas, confio que o balconista terá Jesus no coração e não fará um café na temperatura do enxofre mefistofélico que tortura as almas no Malebolge.

Mas sempre me ferro.

Dou uma bicadinha imprudente.

Os dentes incisivos amolecem e voltam ao zero absoluto com uma assopradinha, seguida de um sonoro: **PUTA QUE O PARIU!**

O lábio superior vira beiço de camelo.

A língua engrossa, fica mais insensível. Quando você morde o pão, as papilas gustativas já não sabem se estou comendo pãozinho francês ou mastigando um pudim de papel-ofício.

O céu da boca vira inferno, e você passa o dia lambendo a parte inferior do seu crânio como se saliva fosse pomada.

Geralmente, peço para colocar um pouco de leite na vã esperança de diluir um pouco daquele petróleo em chamas. Mas até o leite vem quente, saído de uma teta de metal capaz de esterilizar até a doença da vaca louca.

Isso não ocorre naquelas máquinas de *espresso* italianas. Os italianos se lembram bem da erupção do Etna. Aprenderam com a história.

O pior é que você toma café na padaria para não se atrasar no trabalho, mas a questão é que o café de padaria leva uns vinte minutos para se tornar suportável ao esôfago humano sem causar uma queimadura de terceiro grau nas cordas vocais.

Eu só não peço para colocarem um **COPO DE GELO NO MEU CAFÉ,** porque a sociedade me obriga a ter mais testosterona do que o necessário.

# SÍNDROME DE CORNO

**DE OTELO, DE SHAKESPEARE, AO BENTINHO, DE** Machado de Assis, nada perturba mais o homem do que a ameaça de usar o chapéu do Bobby, o menino bárbaro de *Caverna do Dragão*.

Entre a notícia de câncer na próstata ou tumores ósseos na testa, os homens preferem perder uns leucócitos a interpretar um alce.

E, no entanto, o chifre tá aí como nunca.

Pergunte às amigas e terá uma resposta quase unânime: a macharada atual acha que sexo é como no Xvideos.

Na internet abundam os depoimentos de héteros que se orgulham de não fazer preliminares nas garotas, como se sexo fosse um tipo de punheta em dupla, onde só um deles goza.

Esquecem (ou não sabem) que a mulher é uma criatura de prazer multissensorial; contexto, toque e emoções ampliam o que ela sente. A pele — o maior órgão sexual que existe — é um mapa cheio de tesouros para serem descobertos.

Mas o idiota não gosta de brincar de Indiana Jones. Ele sequer notou; os lábios da mulher possuem um formato nada acidental. O beijo de língua carrega a simbologia do ato em si.

Então, um dia surge aquele cara meio feinho, totalmente fora dos padrões, e apresenta o céu de Chicabon à mulher do Johnny Bravo — amante da família e contrário ao kit gay.

Ninguém entende. Fica a perplexidade dos parentes no WhatsApp quando a notícia explode.

"Creysiane traiu o varão concursado na Petrobras com o Bira do sacolão. Menina, **TÔ BE.GE.**"

Você pode até estar bege, mas garanto que a Creysiane está com as bochechas rosadas e saudáveis depois de praticar o Kama Sutra e ser elogiada como merece pelo Bira perneta.

Muitos homens acham que para ter uma mulher bonita precisa ser rico e servir champanhe no camarote vip da balada. A verdade é que mulher gosta de intensidade emocional, seja você pobre, rico, bonito, feio ou mineral.

Veja lá a Luma de Oliveira: à época casada com um milionário, mas pulando a cerca com um bombeiro.

Mermão, um **BOM.BEI.RO.**

Com um contracheque de três contos, ele comeu a mulher do Eike Batista. Até o Rodrigo Santoro levou galho e tu aí achando que sua mulher está em uma redoma?

Aquela mulher inatingível, que anda na Ferrari do político mumificado, pode até gostar do luxo e do dinheiro, mas duvido que não tenha um Don Juan de Marco capaz de fazê-la feliz, sem pensar em nenhum cifrão.

O mundo tá cheio de Birinhas pernetas comendo mulher de galã e político. Porque no fundo se trata de uma coisa só:

Elas querem se sentir especiais e desejadas.

E nem dinheiro ou bíceps tatuado pode fazer isso por elas.

Abre o olho, almofadinha, ou um dia tua mulher vai chegar em casa com o cabelo molhado e um sorriso de adolescente.

E não vai ser porque ela estava na piscina do condomínio. 😗

# HIPOCRISIA

### A HIPOCRISIA DEVE SER VALORIZADA.

Um homem de verdade mente para as mulheres. Somente os canalhas falam a verdade.

Calma. Não precisa me chamar de macho escroto — não ainda.

Imagine quando você coloca aquele perfume doce, crente de que tá abafando no tapete vermelho do Oscar, e pergunta ao namorado:

— Gostou do perfume, amor?

Um homem de verdade vai dizer:

— Claro, amor! Tá cheirosa.

Um calhorda vai te dizer a verdade, que é exatamente aquilo que você não quer ouvir, mas finge que quer:

— Gostei não. Você tá com cheirinho de bala 7 Belo. Joga um Rexona e vamos, o filme tá quase começando.

### SEJA HONESTA.

Você ia querer um homem com esse nível de sinceridade?

A hipocrisia é o que civilizou a raça humana. Sem esse contrato social de mútua ilusão, a humanidade pararia de se reproduzir.

Sabe quando acaba o sexo e a mulher se aconchega, te enchendo de beijos *calientes* e abraços?

É porque ela não gozou, idiota.

Ela ainda está com tesão, mas vai te preservar da humilhação ocasionada pela biruta de posto de gasolina que você carrega entre as pernas.

Sem a hipocrisia, homens e mulheres se transformariam em paródias do Conan.

Já conversou com alguém sofrendo de **BAFO**?

Por educação, não falamos à pessoa para chupar uma Halls sabor água sanitária; apenas nos esquivamos ou tomamos uma distância segura daquele café com úlcera no hálito da pessoa.

Honestidade em um caso desses seria de um sadismo imperdoável.

— Ei, cara. Leva a mal, não, mas sua língua devia fazer figuração em *The Walking Dead*. Leva essa cárie ao IML, pois é tarde demais para um dentista.

O que seria dos velhinhos na fila do banco se todo mundo fosse honesto? Aquela tiazinha solitária, querendo externar sobre sua artrite, jogando *Candy Crush* no celular, teria uma morte fulminante causada por indiferença alheia.

— Esse caixa tá demorando muito! Que absurdo! Tô aqui em pé, cheia de dores nos ossos. Essa fila tá muito lenta, né?

— A fila até que tá rápida. É que, como a senhora tá mais próxima da morte, cada minuto se torna precioso.

Muita gente se orgulha de ser "autêntica" e "**FALAR NA CARA O QUE PENSA**".

Na verdade, isso é um eufemismo para "sou grossa pra caralho e a sociedade deve me recompensar por peidar em público".

# ASTROLOGIA É A TERRA PLANA SOCIALMENTE ACEITA

**CONCORDO, MAS QUERO VER FALAR ISSO PARA A** aquariana curvilínea da ioga que te deu *match* no Tinder.

Conheço a raça masculina. Pode ser o mais sério apologista da divulgação científica; diante da possibilidade de dar umas beiçadas no escuro do cinema, rapidinho vira um macho de coque e sandália, arremessador de búzios com **POMBAJIRA NÍVEL 13.**

A mina fala "sou evangélica", e o maluco já chega dando "Aleluias, tu é minha varoa, bora naquela Babilônia de cinco letras ajoelhar no colchão e orar para Baal".

Se a moça fizer seu tipo, já era; um astrofísico nerd de óculos é capaz de chegar ao encontro com cordão de mandala e mastigando um churros de ricota e açúcar mascavo do Himalaia do Oeste.

**HOMEM É TUDO PILANTRA, NÃO SE ENGANEM.**

Mas é porque as garotas não enxergam o plano espiritual.

Não tem aquele gatinho "tá te secando na balada, todo arrumadinho"?

No momento em que você disser "vem", no plano espiritual, ele rasga a blusa, cresce pelo na nuca, e quando chegar perto de você, já regrediu 250 mil anos na escala evolutiva. Ele mal vai falar português e usará uma tanga da Calvin Klein comprada no calçadão de Madureira.

Ele é um macaco socializado, um orangotango de circo que ri de qualquer coisa. Para atingir seus objetivos, vai se desconstruir, meter saia escocesa e ver filme do Canal Brasil com a empolgação de um pai sintonizando o Palmeiras.

# MÃO DE VACA

**TENHO UM AMIGO TÃO MÃO DE VACA QUE O SONHO** automobilístico dele é comprar um Del Rey. É isso mesmo. Aquele carro em formato de sapato Vulcabrás bico quadrado, moda entre cobrador de ônibus e o Aladdin.

Ele ganha bem até onde sei, mas quer um tal carro e só compra biscoito recheado de marca duvidosa. Já viram aqueles biscoitos com recheio de maracujá, fruta-do-conde?

Nem eu, mas meu amigo encontra. Ele deve ter um traficante de biscoito que importa isso da Guatemala, sei lá.

Quando a gente matava aula para ir à praia, sempre rolava um lanchinho. Todo mundo pedia coxinha com Tobi de garrafa; só meu amigo apontava a estufa e pedia:

— **MÊ VÊ UM PÃO COM OVO.**

Nada contra pão com ovo; adoro, mas sempre achei que aquele pão francês com gema ressecada fosse lanche de velho.

Uma vez, matando aula de novo, fomos a Copacabana pegar uns jacarés na marola do mar. Ninguém tinha planejado faltar, mas, como estava calor, lá fomos nós mergulhar de...

**CUECA.**
Isso aí. Cinco adolescentes com uniforme de colégio municipal ficaram despidos. Naquele tempo, não tinha cueca boxer. Era uma ceroula com aberturas laterais, um exaustor para cada bola do saco.

Quando a gente mergulhava, a tendência era de que nossas bolinhas se separassem como amantes na guerra. Saíamos da água com duas bochechas murchas paralelas, na região da virilha.

A gente ia para a areia comer torrone. Menos meu amigo mão de vaca.

Ele sacava da mochila um pote de sorvete Kibon, lotado de **MACARRÃO**, ornado com uma rodela de tomate mais grossa do que uma hérnia de disco.

Os surfistas até jogavam moeda para a gente.

Mano, eu sei que sou pobre, mas nunca me senti **TÃO POBRE.**

# PAPAI

**APESAR DE TRABALHAR COMO CABELEIREIRO A** vida inteira, papai tem a delicadeza do Jason usando uma tesoura de jardinagem para decapitar adolescentes assanhados.

Sua ogrice o fez fã do Maguila — o boxeador, não o gorila dos desenhos animados. Possuem até uma certa semelhança fonética na hora de falar. Papai tem um idioma próprio que mistura a velocidade do The Flash e a clareza de um pedreiro.

Quando eu e meus irmãos morávamos com ele, a gente conseguia entendê-lo, só que os anos sem exposição ao seu vocabulário peculiar nos retirou a prática.

Papai me liga e a mensagem é mais ou menos essa:

— **LÔ?** — diz papai, assassinando o "a".

— Oi, pai.

— Vemuçar maiseu. Compra linguiça, tchau dois quilos. Fica com Deus, e o livro? Seurmão vai tocarqui, tudo bem, beijo.

Isso é dito em 0,3 segundo, fora de ordem, com um sotaque meio sergipano.

Eu entendo que é para ir almoçar com ele e levar dois quilos de linguiça. Como tenho um irmão músico, acho que ele vai tocar.

Papai é tão ogro que acha que falar pausadamente é coisa de homem fresco. Ele pega no secador como se fosse uma Magnum .44 e assopra o bocal depois de fazer uma escova. Certa vez, dando comida para meu irmão mais velho, ainda criança, papai pega vinagre e tempera a salada do pimpolho.

Ao morder a alface, meu irmão faz um origami nos lábios e diz:

— Pai, tá ruim.

— Tá ruimnadadeixadeser **BOBIO**. — (Papai fala *bobio* em vez de bobo.)

— Num quero, pai!

— Comelogoeparadebobagem, **VICE?**

Meu irmão come a salada.

Até que começa a espumar pela boca. Ao chorar, surge uma bolha que captura seu berro e sai flutuando pela cozinha.

Alarmado, achando que o filho pegou raiva, papai morde a salada para provar.

E se dá conta de que confundiu o frasco de vinagre com detergente de maçã.

# CAGANEIRA

**JÁ CONTEI QUE ESTUDEI EM ESCOLA DE NORMA**-lista? No primeiro dia de estágio, tive uma daquelas ideias de jumento.

No café da manhã, meu estômago de pobre substituiu o cérebro e mandei bolo de chocolate com Nescau como se estivesse fazendo eutanásia.

Mas quem morreu foi minha bunda.

Em dez minutos, já andava envolto numa aura de gás em decomposição. Meu rabo parecia um adesivo pega-mosca, atraindo as varejeiras em frente ao sacolão, contudo mantive a fé inabalável de que nada iria acontecer.

Entrei no busão.

Conforme sacudia na viagem, o alienígena na minha barriga despertou.

E eu, que queria sair para achar a Sigourney Weaver no 940 Madureira x Ramos...

Após cinco minutos, comecei a suar frio. Contraía os glúteos com tanta força que aprendi a fazer pompoarismo.

Eu fechava os olhos para imaginar algo que distraísse minha mente daquele sofrimento. Cantei pagodes, contei até cem, relembrei diálogos de filmes.

**NADA ADIANTOU.**

Toda vez que eu fechava o olho, via uma privada lustrosa, branca, perfumada.

E a vontade aumentava.

Em certos momentos, o busão passava nuns quebra-molas. Nesses instantes, eu achava que o bebê ia nascer prematuro.

Consegui chegar ao colégio. Subi a ladeira em ritmo de marcha atlética, as pernas juntinhas.

Mas a escola onde eu fazia estágio era católica e todos os professores estavam reunidos no pátio com os alunos, rezando o Pai-Nosso. O colégio era gigantesco e todo mundo estava de olho fechado. Eu não podia perguntar a ninguém onde ficava o banheiro.

Olhei para os céus e clamei ao Senhor:

— Pai, por que me abandonaste?

Deus me castigou aumentando a força gravitacional que a Terra exercia em meu rabo.

Cheguei a uma situação de alerta vermelho. Meu cu piscava como a luzinha no peito do Ultraman.

Saí correndo pelo colégio à procura do banheiro. Eu era uma granada de merda prestes a explodir.

Entrei no primeiro toalete que vi.

Quando abri o reservado, era uma privada de **LEGO**.

Era o banheiro infantil. O sanitário parecia em versão Funko.

Entretanto, uma vez que você está com diarreia e avista uma privada, já era; o minhocão acelera no túnel.

Sentei. Essa é a pior parte de cagar em local público. Você fica bolado de relaxar e fica guilhotinando o burguês aos poucos, soltando tudo em prestações sem juros.

Mas não adiantava. Cada piscada era uma explosão no cano de descarga da moto. Chegou uma hora que eu simplesmente relaxei.

Abri-me para o mundo.

Mano...

**EU VIREI UM VULCÃO INVERTIDO.**

Um gêiser desidratando.

Eu devo ter cagado até um pouco da medula óssea.
Aliviado, me preparei para levantar.
E não tinha papel higiênico no reservado.
Fui andando de calça arriada até outro reservado para procurar papel.
Até que ouvi um grito.
Olhei pra frente.
Tinha uma professora me olhando de mão dada com uma criança.
Era o **BANHEIRO DAS MENINAS.**

# ATENDIMENTO

**TRABALHAR COM ATENDIMENTO AO PÚBLICO EXIGE** autocontrole para não cometer um assassinato. Uma vez, quando prestava serviços a um supermercado, vi uma senhora olhar a gôndola de azeitonas e perguntar ao repositor:

— Ô meu filho, isso aqui é azeitona?

O funcionário respondeu:

— Não, minha senhora. **É BOLA DE GUDE.**

Uma outra vez, um promotor estava separando uns seiscentos caldos de carne por validade. Ele os separava em diversas caixas de papelão para não misturar o mês de vencimento. De repente, chegou um cliente querendo a caixa para fazer mudança em seu apartamento.

O promotor havia ido beber água e pegou o cliente jogando todos os caldos (de validades já separadas) em um carrinho, misturando a porra toda.

Mano, quando o promotor viu aquilo, ele não gritou, não falou nada.

Simplesmente se aproximou na maciota e deu um chute *kickboxer* nas costelas do cliente.

Já vi promotor que fez um buraco na parede do depósito do mercado para traficar lata de leite NAN. O maluco tinha um esquema com os camelôs da área.

Teve um encarregado de mercearia que era mó escroto com os promotores. Gostava de esculachar geral no mercado.

Um belo dia, esse encarregado andava pelo depósito, quando jogaram um saco de batata vazio em cima do sujeito. Os promotores fizeram um apaga luz no cara. Ele apanhou tanto, que esqueceu o número do RG na hora de prestar queixa.

Teve um cara que trabalhava no refrigerado. Ficava com a chave da câmara fria. Por cinco reais, ele te deixava trancado por dez minutos e tu enchia o rabo de Danete até morrer de hipotermia com o beiço congelado em uma garrafinha de DanUp.

Vi um promotor pegar uma caixinha de geleia de mocotó pra comer. Na hora em que ele ia colocar na boca, ouviu os passos do segurança no depósito. No desespero, o promotor **ENGOLIU O TIJOLINHO DE MOCOTÓ DE UMA VEZ SÓ!**

Mano, o maluco engolindo parecia uma jiboia devorando um boi. Chegava a escorrer lágrima.

Mas a pior história foi quando fui demitido.

Estava abastecendo umas cervejas em um mercado na Zona Sul (tinha que ser!). Eis que, no corredor, surge uma múmia da elite pilotando um daqueles carrinhos de compras que parecem uma mochila.

A velha veio na toda, como se estivesse em um racha geriátrico, com seu carrinho cheio de produtos. Ela foi fazer uma curva rápida e acertou meu pé com a roda.

Eu estava ajoelhado, trabalhando.

Além de doer pra cacete, o carrinho virou estourando um monte de conserva no chão. A velha deu chilique e começou a gritar, porque eu não deveria estar com o pé na frente dela.

Aí eu não aguentei.

Olhei a velha nos olhos e falei:

— Minha senhora, com todo o respeito, vai tomar nesse cu murcho.

Ela deu um ataque pior ainda, falando uns português difícil.

— Eu lhe repudio! Estou aviltada com você, seu subalterno. Vou chamar meu filho advogado.

E eu falei:

— Então chama teu filho e vai tomar no cu em família, porque não precisa de camisinha.

# MANIA DE SEGURANÇA

**QUANDO MORAMOS SOZINHOS, DESENVOLVEMOS** certas manias. Eu cismava em fechar o gás antes de sair de casa. No início era apenas uma olhadela, mas o cérebro de um escritor é um gerador de improbabilidades ridículas.

Quando me dei conta, já estava olhando o bujão umas dez vezes, verificando a borracha, testando os botões dos acendedores.

Na semana seguinte, só saía de casa após verificar a válvula setenta e três vezes, pular amarelinha no quintal e gritar:

— Somente Exu liberta o Malafaia das pessoas.

Depois de um mês na evolução de minha paranoia, a insegurança se estendeu para outras tarefas. Usar a panela de pressão ganhava proporções épicas. Quando a válvula começava a apitar, só me aproximava devidamente protegido.

Elmo de balde, armadura de almofada, escudo de tampa de lata de lixo.

Eu usava uma garra de plástico — brinquedo dos anos 1980 — para desligar o fogo.

Mas meu TOC não podia parar por aí...

Na hora de ir ao banheiro, fazia dança da cadeira sozinho; corria ao redor do vaso para que a privada não explodisse durante minha cesariana.

Mas por que diabos eu achava que a privada iria explodir na minha bunda?

Cocô tem gás metano e metano é inflamável. Eu era fumante.

Boneco de Olinda marrom + metano + cigarro = bumbum granada.

Faz sentido? Nenhum, mas eu acreditava nisso pelo mesmo motivo que achava que alguém pularia meu muro no intuito de roubar meu valioso laptop comprado nas Casas Bahia, cuja internet funciona com cabeamento de linguiça.

E se fosse um pichador? Se eu pegasse um cara vandalizando minha fachada? E se fosse lua cheia e o pichador virasse lobisomem ou saci?

# E SE FOSSE O THANOS?????

O motivo pelo qual Thanos começaria a conquista do universo por BRÁS DE PINA me foge totalmente.

A neurose chegava a um ponto em que meus rituais se transformavam em uma maneira de evitar o apocalipse.

Por esse motivo, colocava e tirava o pega-ladrão da porta catorze vezes, pois tinha certeza de que esse ato movia engrenagens quânticas de causa e efeito; logo, eu impediria a queda de aviões na Eurásia.

Se fossem treze ou dezesseis vezes no pega-ladrão, tchau! Milhares morreriam.

A descarga atrás do vaso impedia que eu completasse o trajeto em círculos na dança do esfíncter — isso ocasionou uma obsessão por simetria, pois o círculo precisava ser completado.

Para compensar o círculo incompleto na dança da barrigada, eu abria e fechava minha bica cinco vezes. Ao aliviar a pressão dos 300 mL de água no meu cano, garantia a ordem das correntes marítimas e salvaria Niterói de um *tsunami* (????).

Ao estalar meus dedos, eu mantinha uma epidemia de calvície sob controle.

Graças ao chinelo virado no quarto, não teríamos um apocalipse zumbi, mas caso viesse a acontecer, podia colocar meu travesseiro do avesso e garantir que os Vingadores nos defendessem.

Mas de todas as minhas manias, a pior, com certeza, é fazer um monte de gente ler esse texto sem noção até o final.

**TUM DUM BASS.**

# ODEIO PRAIA

**JÁ FORAM NUMA PRAIA DE MAR ABERTO? A MARO-**linha afogaria Moisés, destruiria a Arca de Noé e ainda colocaria o Jason Momoa para nadar de pau duro atrás de você.

Certa vez, eu e meus amigos fomos à tal praia do meio.

Meio de onde? Você pergunta.

Não lembro o nome do município ou bairro, mas deveria se chamar lá no meio da casa do caralho. Após uma viagem de ônibus, fazendo baldeação na puta que o pariu, finalmente você chega numa praça. Daí você sobe uma ladeira...

Pausa na história.

Ladeira não define.

A tal rua não foi feita para seres bípedes, pois se você esticasse os braços, ficava de quatro.

Depois de me foder praticando montanhismo no paralelepípedo, entramos numa floresta, enchemos nossos cantis numa fonte mineral da CEDAE e chegamos à tal praia.

Como eu disse, era praia de mar aberto.

Além de mim e meus amigos, estavam lá o Keanu Reeves esperando um *tsunami* para depois algemar o Patrick Swayze. Na terra firme era pior ainda; rolava uma tempestade de areia, como se os mosquitos pilotassem caças F-14, tamanho os beliscões que levávamos nas canelas.

Meu amigo Alexandre Souza, cujo apelido era China (apesar de ele ser descendente de japoneses), foi o único que se deu bem por ter comportamentos bizarros.

Imagine um japonês de óculos escuros, cabelo pintado de loiro, vestido EM UMA CAPA DE CHUVA, no meio DA PRAIA, chupando uma lata de Leite Moça?

Parece caô, né? Cena de comédia americana.

Mas isso aconteceu.

Somente o China estava feliz, pois a capa de chuva o protegia das rajadas de minério, enquanto os outros se dividiam entre aqueles que morriam afogados ou soterrados.

Foi o pior programa que já fiz na vida, MAS CALMA!

**VAI PIORAR A HISTÓRIA!**

Voltei puto da vida, rígido de tanto mau humor.

A gente caminhava pela mesma ladeira maldita, quando encontramos uma casa enigmática. Ela não tinha janelas. Era alta pra burro, mas só tinha uma porta.

E a porta tinha um *FUCKING* ESCORPIÃO talhado na madeira!

Qualquer ser humano sensato olharia aquilo e pensaria: "Casa do Satanás", dito com a voz do narrador do desenho do Pica-Pau.

Mas o que o China fez?

— Oba, tira uma foto minha aqui!

Então lá foi um dos amigos tirar foto do China em frente ao portal do inferno.

Meu sentido de aranha apitou na hora.

De repente, no topo da casa esquisita, surge um velho de boné, com um **REVÓLVER 38 NA MÃO.**

Apontando pra minha cabeça!

Acontece que o velho, além de estar armado, era tão vesgo que podia olhar para dois alvos ao mesmo tempo. Usava óculos cujas lentes deixavam os olhos dele miudinhos.

Ele cismou que o China estava pichando a casa dele **COM UMA LATA DE LEITE MOÇA!**

Eu, sob a mira de um velho maluco entediado doido para se entreter com pólvora, tive que convencê-lo de que existia **UM JAPONÊS LOIRO DE SOBRETUDO QUERENDO TIRAR FOTO DA PORTA DELE!**

Nesse dia, eu descobri que poderia convencer qualquer pessoa de qualquer coisa, até vender gelo, pois a presença de China naquele ambiente praiano era tão surreal, que fiz o que seria mais fácil.

Só fingi que o velho via um japonês loiro e o convenci de que se tratava de uma alucinação.

# DISPOSITIVO ANTIPOBRE

**O MAR EM TOM DE CALDO DE CANA, A TIA ENTA-** lada numa câmara de pneu de trator boiando em meio aos pacotes de Fofura naufragados: é algo mágico. A vida se torna mais brilhante quando você vê um pai reluzente de Cenoura & Bronze ou uma mãe gritando:

— Ô BINHO, PARA DE JOGAR AREIA NO MOÇO E DESENTERRA SUA IRMÃ, SEUS SATANASES! VAI LEVAR CHINELADA, HEIN!

Rico organiza tour para a Disney.
**POBRE FAZ EXCURSÃO À ILHA DE PAQUETÁ.**

Quando eu morava no conjunto da CEHAB, os vizinhos se reuniam para ir a Paquetá juntos. Era nossa Valfenda, uma chance de sair de Mordor.

Mamãe organizava uma santa ceia: pizza de sardinha, frango assado, sanduba de ovo, **VÁRIAS** garrafas pet cheias de Maguary congelado. A comida viajava em potes de sorvete hermeticamente acondicionados em um isopor do tamanho de um fusca.

Obviamente isso é nostalgia, mas depois de ficar na água até parecer um maracujá infantojuvenil, você emerge com uma larica digna de um maconheiro; a mordida no sanduba de sardinha tem gosto de salmão defumado em peido de querubim.

69

O suco de caju — tão gelado que causava dor nas cáries — descia como vinho francês. Naquele instante em que seu paladar adquiria a sensibilidade de um refugiado etíope, você deixava de tomar Maguary e passava a degustar Mag' Guerri Le Caju.

Seu Ivo, o síndico maluco que tirava a dentadura para assustar as crianças, conduzia nossa caravana rumo ao feriado feliz.

Seu Ivo era meio estranho. Falava um idioma próprio, tão impronunciável quanto os refrões do Pearl Jam. Ficava pior quando ele deslocava a dentadura no intuito de divertir a molecada. Era como ouvir o comediante Costinha aprendendo árabe.

Chegando à Praça XV, seu Ivo organizava duas filas e assim começava a guerra de classes.

Os fodidos iam de catamarã, um barco que fazia a travessia até a ilha da caveira em trinta minutos.

Os fodidos plus pegavam a barca normal. Uma hora e meia no balanço do mar, ao som do Grupo Dominó. Criançada correndo na balsa, tocando o zaralho com ocasionais pausas para vomitar e levar esporro das mães:

— SIDCLEY, ESSE MCLANCHE FOI CARO PRA VOCÊ VOMITAR! **TRINCA OS DENTES E DEIXA SAIR SÓ A COCA-COLA!**

Hoje eu tenho a sensação de que pobre nem pode mais se divertir.

Na Barra da Tijuca tem até condomínio antipobre.

Sério.

Existe um lugar chique, perto do Via Parque, que não dá para chegar de transporte público. Você precisa de carro ou Uber. Os pobres que trabalham no condomínio ou vão a pé ou se cadastram no ônibus local, mas a lista de exigência para conseguir o passe é tão absurda que o motorista deve ter trabalhado no Pentágono.

Ao redor do condomínio ficam vários vendedores de quentinhas, sentados em cadeiras de praia, como saxões impedidos de entrar em Roma.

Outro dia, em uma cafeteria da Cinelândia, vi outro dispositivo antipobre.

O banheiro tinha uma fechadura eletrônica. Para pintar o sanitário de Suvinil marrom, precisava retirar uma senha eletrônica e digitá-la.

Imagina se você está numa situação de emergência intestinal, a máquina de churros prestes a quebrar a válvula, e você se depara com um *puzzle* de *Resident Evil*?

Dá vontade de chamar o gerente e reclamar:

— Mermão, eu só queria dar uma barrigada, mas caguei na calça porque nunca zerei o jogo no pleysteicho 1.

# CINQUENTA TONS DE WANDO

**O FALECIDO CANTOR WANDO DEVERIA SER PROTA**-gonista de literatura erótica. *Cinquenta tons de cinza* seria mais efetivo se o Christian Gray pegasse o violão e sussurrasse no ouvido da Anastasia:

— ... **MEU IAIÁ, MEU IOIÔ.**

Mano, olha a poesia desse cara!

E vocês premiando a foca asmática do Bob Dylan com o Nobel de literatura!

Wando, o obsceno, é o subúrbio real, a verdadeira música popular brasileira.

A outra MPB — a do Caetano — é Música de Piru Broxa (a canção do "Leãozinho" é o Patati Patatá dos críticos musicais; tem alegoria nenhuma nessa porra, a Madame Rouanet que inventou!).

Quando toca "Homem-Aranha", do Jorge Vercillo, torço para o Duende Verde matar a tia May na facada.

E vamos ser honestos e confessar que ninguém entende o "Açaí guardião" do Djavan.

Se amar o Djavan é um deserto, amar o **WANDO É UM OCEANO.**

O Wando é o sonho molhado das proletárias. O mulheril jogava calcinha no palco quando ele cantava. O apelido dele entre as donas de casa era O CACHOEIRA (o bicheiro Carlinhos roubou esse apelido).

A Edileusa, do seriado *Sai de Baixo*, já sabia dos paranauê do sujeito.

Wando ensinou o olhar 43 ao Paulo Ricardo. Wando quebrou o feitiço de Áquila com sua voz de veludo de sofá comprado no Ponto Frio. Se Deus tivesse criado o Wando no lugar de Adão, o mundo seria superpopuloso já na Era do Bronze.

Sabe o Viagra? A indústria farmacêutica escondeu de você um segredo: o princípio ativo estava no sangue do Wando.

Eu vejo esses galãs de livros eróticos: ricos, sarados e com a envergadura de um jumento. Aposto que o Bráulio do Wando já vem com anticoncepcional, pois ele é a versão boazinha do Mr. Catra.

Escritoras eróticas precisam escrever sobre o Wando, o galã feio. Um cara como o Wando é um sonho possível. Um cara como o Wando é para casar!

Só de **LER** esse texto com o nome **WANDO**, muita mulher já vai ovular.

# SOLTEIRO QUANDO ARRANJA NAMORADA

**EU E UM AMIGO MORAMOS JUNTOS. ISSO SIGNIFICA** que não tiramos a poeira dos móveis para não desarmonizar o *feng shui*. Temos pena do casal de ácaros que mora na cortina da sala. Chamamos de Pepeu e Gomes.

Apesar de jamais vê-los, nosso amor por eles é como a fé; não precisa de evidências para dar sentido às nossas vidas.

Um ácaro é um ótimo pet para solteiros. Não late, não arranha o sofá, e você pode levá-lo para qualquer lugar no bolso da sua camisa.

Todo dia, quando volto do trabalho, eles me recebem eufóricos, e retribuo com gracinhas:

— Cadê Pepezinho e Gomezinho do papai? Aowmmm, que fofo! Tá fazendo papai espirrar e ter rinite, tá?

Por falar em ácaros em camisetas, já tá na hora de a sociedade aceitar roupa amarrotada. **PASSAR ROUPA É UMA VIOLÊNCIA AO CARIOCA.** O ferro quente nos oprime durante quatro estações customizadas: calor, mormaço, verão e Realengo.

Morar com outro homem significa respeitar o caos do universo. Usamos as leis da física de maneira autossustentável: jogamos a meia para o alto e ela escolhe onde cair, sem interferência de cestos de plástico poluente.

Mas quando um dos caras arranja uma namorada, destrói nosso caos com um pouco de ordem.

A minha resolveu visitar meu covil junto com sua filhinha.

Quando comuniquei ao Rafael, houve um momento de profundo desalento.

— Isso significa que...— Os lábios de Rafael tremiam, incapazes de pronunciar a palavra.

— **ISSO, FAXINA.**

Em pânico, eu e Rafael começamos a procurar tutorial de uso de vassoura no YouTube. Já não sabíamos como era a bancada da pia, pois estava soterrada por louça e pacotes de miojo.

Tínhamos nos apegado à barricada de caixas de pizza que nos impedia de entrar na cozinha.

— Rafael — eu disse —, ela vem com a filha. Fiquei com vergonha de perguntar o que era uma filha.

— Uma filha é um crianço. São barrigudinhos, com o umbigo aparecendo sob a camiseta. Estão sempre com uma garrafa na mão.

— Então um crianço é um *action figure* de um tiozinho do bar?

— Tipo isso.

Pedimos ajuda aos nossos vizinhos. Sentamos numa mesa redonda. Cada um decidiu contribuir com alguma coisa.

— Eu varro o quintal.
— Eu empresto meus baldes.
— Podem contar com meu esfregão.
— E com meu ACE.

E assim formamos A Sociedade do Ariel; sete inúteis que se uniram para lavar o chão com sabão em pó.

# COMO FUNCIONA A MENTE DOS PETS

- **MENTE DE CACHORRO**

Carai, véi! Olha aquele papel de bala que criou vida, estilo borboleta. Eu não me aguento, isso é divertido demais, vou correr atrás... opa, um copinho de plástico girando no vento, ahhhh, não aguento de tanta alegria, eu me divirto o dia todo e ainda ganho comida de graça da moça que se chama mãe. Melhor emprego do mundo.

- **MENTE DE GATO**

Vou ali transar, porque sou o rei das pepekas, o terror vivo do cio noturno. Volto em três dias, humana. Deixe um pote com patê de peixe, que talvez, TALVEZ, eu lamba sua mão. E vê se não se desespera e faz postagem no Face me procurando. Tenha alguma dignidade, pois essa dependência emocional me repele.

- **MENTE DO MACACO**
Vou andar nesse fio de alta tensão porque é muito seguro *bzzzzzzz*. Carai, deu mó barato. Sonhei que os humanos descendiam da gente.

- **MENTE DE PAPAGAIO**
Eu mandei ela tomar no cu, minha dona sorriu e ainda ganhei biscoito? Então é só repetir? Deixa eu testar: cu. Opa, ganhei outro biscoito! Cu, cu, cu! Duas letras igual a um biscoito. Vou aprender a falar caralho e vou ganhar um rodízio!

- **MENTE DE TARTARUGA**
Meu dono acha que eu não sei, mas eu sei que ele é o The Flash. Opa, ele tá vindo me fazer cafuné! O dedo tá rápido demais, vai ter uma colisão! Melhor recolher a cabeça, aaaaaaa!

# ENTREVISTA HONESTA COM ESCRITOR – OU COMO DEVERIA SER...

## PERGUNTA: É VERDADE QUE O ESCRITOR NÃO TEM CONTROLE SOBRE SEUS PERSONAGENS? QUE ELES TÊM VIDA PRÓPRIA?

**Resposta gourmet**: Sim, existe algo de mágico na criação literária. Os personagens criam vida e dominam a narrativa. O autor é apenas um arauto de algo maior que está sendo ditado pelo universo.

**Resposta honesta**: Caô! Se um personagem começar a encher o saco, dou uma morte horrenda pro misêrávi.

## ESCREVER É MAIS ALMA OU INTELECTO?

**Resposta gourmet**: A história precisa sair das entranhas, como um jorro de consciência que, se não for expelido, levará o autor ao suicídio emocional.

**Resposta honesta**: Eu calculo tudo. Até a ceninha emotiva é pura trapaça e psicologia de botequim no intuito de comover o leitor.

## VOCÊ LÊ O TEMPO TODO?

**Resposta gourmet**: Claro! Um autor deve ler no mínimo cem livros por ano e ignorar *best-sellers* de fácil digestão.

**Resposta honesta**: Leio no máximo trinta livros por ano. Prefiro ver Netflix, fazer sexo e jogar videogame. Adoro Stephen King e só consigo ler Saramago em voz alta se eu estiver com roupa de mergulho, porque não tem vírgula.

## AUTORES POSSUEM MAIS SENSIBILIDADE PARA ENTENDER O MUNDO?

**Resposta Gourmet:** Sim. Sofremos com o martírio da percepção. O ignorante leva uma vida mais tranquila.

**Resposta honesta:** Cara, teve escritor que foi no Jô Soares pra dizer que o homem jamais esteve na Lua.

## VOCÊ LEVOU DEZOITO MESES PARA TERMINAR SEU LIVRO? ESSA DEMORA FOI LAPIDAÇÃO?

**Resposta Gourmet:** Sim. A inspiração não obedece prazos. Escrever é um ato de comunhão com seu EU mais profundo. Levei treze semanas em busca do primeiro parágrafo perfeito.

**Resposta honesta:** Levei um ano na primeira metade. O resto demorou porque eu queria zerar *The Witcher* com 100%.

## É VERDADE QUE A COURAÇA VERMELHA DO DRAGÃO EM SUA OBRA ERA UMA METÁFORA PARA A PUBERDADE DE SUA PROTAGONISTA?

**Resposta gourmet:** Você compreendeu a obra. O vermelho é o sangue da menstruação numa clara analogia com o despertar da feminilidade.

**Resposta honesta:** Nada. O dragão é vermelho, porque eu sou flamenguista.

# MAMÃES

**DARIA PARA ERGUER UMA OCA DE ÍNDIO COM AS** coisas que mamãe colocava na minha mamadeira. O gagau era um cimento composto por leite, biscoito de maisena, maçã, banana, chinelo virado, maçaneta de porta e três episódios de *Sex Education*.

Os vizinhos achavam que minha avidez era fome:

— **AOWNNNN MEO DEUSU,** que gulosinho esse bebê feio du caralhu.

Na verdade, eu estava fazendo força para chupar aquela argamassa. O vinagrete de entulho não passava direito pelo bico da mamadeira. Eu sugava tanto o ar, que poderia ser campeão olímpico de apneia antes de aprender a andar.

Em compensação, após tomar aquele protótipo de *whey protein*, eu virava um suflê de cocô recheado até a traqueia.

Coitada da minha tia, que precisava trocar minhas fraldas.

Já repararam em como criança produz matéria marrom? **É UM LANCE SOBRENATURAL.** Um pedacinho de gente com seis quilos caga mais do que um elefante. Será que bebês trocam de órgãos e eliminam os antigos na fralda? É geometricamente impossível caber tanta coisa naquela barriguinha mole.

Meu pai me contou uma história de sua infância. Papai roubou uma banana antes do almoço. Minha vó disse que se ele perdesse a fome, ia comer um cacho.

Não deu outra.

Na metade do almoço, papai declarou:

— Mãeeeeee, quero mais, não.

Pausa na história.

Imagine a risada maligna do clipe "Thriller", de Michael Jackson.

Imaginou?

Na geração de papai, a molecada apanhava de fio.

Psicologia infantil?

**HUAHUAHUAHUA.**

Isso era mais ficção científica do que *Black Mirror*.

Vovó deu aquele sorriso de "você vai morrer para minha satisfação", pegou um tamanco do tamanho de um buldogue francês e iniciou a chantagem:

— Eu avisei, não avisei?

**(SIM, A MERDA É QUE NOSSAS MÃES SEMPRE AVISAM.)**

— Agora você escolhe: ou come aquelas seis bananas ou apanha.

Temendo pela própria vida, papai comeu as bananas.

Depois de engolir a última, ele tentou deitar, mas não conseguiu.

Papai parecia uma peteca; vovó o empurrava, mas ele voltava à posição sentada por causa da meia dúzia de bananas presa na raba.

# SACANAGEM DOS ANOS 1990

**A ADOLESCÊNCIA DOS ANOS 1990 PODE SER DIVI-**dida em AC / DC. Antes de *Calígula* / Depois de *Calígula*.

Quem viu *Calígula* na CNT sabe que assistir a filme pornô naquela época envolvia uma operação mais sigilosa do que o assassinato de Osama Bin Laden.

No dia seguinte, na sala de aula, dava para reconhecer os meninos que haviam assistido ao primeiro filme épico de sacanagem da história. Todos tinham olheiras, como *snipers* que passaram a noite observando o alvo. As pupilas dilatadas mostravam que aqueles olhos tinham testemunhado um mundo novo.

Um mundo que não podia ser desvisto.

Agora eu compreendia o que o pastor da igreja queria dizer com o império romano ser tão devasso quanto Sodoma e Gomorra. Podia até ser coisa do capeta, mas, após *Calígula*, eu queria morar em Sodoma e Gomorra **PARA SEMPRE.**

Maldito juiz Ciro Darlan, que proibiu a exibição da parte dois de *Calígula*.

Quando apareceu na tela o aviso da Justiça, tive minha primeira decepção amorosa. Já tinha preparado o ambiente com velas perfumadas e um disco do Fábio Junior.

Antes de *Calígula*, o sexo na TV se resumia em Cine Band Privê e *Emanuelle*. Era um pornô tão *soft*, que nem dava para descabelar o palhaço. No máximo fazíamos *self making love*.

Todo mundo tinha um irmão mais velho ou tio tarado com uma caixa cheia de revistinhas de sacanagem. O primeiro filme pornô era um ritual de passagem que envolvia inúmeros fatores.

Primeiro: você precisava encontrar um adulto com suficiente malevolência no coração. Alguém que pudesse ser subornado com três sacolés de groselha para alugar um VHS, já que as locadoras não permitiam menores de idade na seção proibida.

Segundo: uma vez que você tinha uma fita de *Rocco Siffredi's adventures*, era preciso encontrar um local para assistir. Geralmente, o amiguinho cujos pais trabalhavam cedia sua casa para nossa versão infantojuvenil do Cine Íris.

Ficava um garoto perto da porta. Era nosso olheiro. O coitado vigiava o olho mágico para avisar sobre a chegada de adultos. Com o outro olho, ele assistia ao filme.

Esse menino, que conheço até hoje, consegue imitar o PC Siqueira, por motivos óbvios.

Depois era necessário arranjar almofadas para ocultar nossa reação hormonal ao que se passava na tela. Apesar de a molecada curtir acampar, ninguém queria testemunhar o coleguinha armando a barraca sob o short do Thundercats.

Durante a exibição do filme, nosso QI caía consideravelmente. Perdíamos a capacidade de falar português. Quando alguém perguntava:

— Vou pegar água. Alguém quer?

Nós respondíamos:

— **HÃÃÃÃÃÃÃ?????**

Hoje, qualquer onanista tem acesso a Sodoma e Gomorra com um clique, mas, naquele tempo, era preciso enganar a SWAT, conhecida como nossos pais.

Nós não tínhamos Xvideos, nem sequer internet.

Lembro o meu primeiro contato com uma revista de sacanagem. Meu irmão mais velho escondia algumas no banheiro, sobre uma prateleira embutida, próxima ao teto.

Estava eu atendendo ao chamado da natureza, quando olhei para cima e vi uns exemplares. Como eu era fã de HQ, pensei que seriam histórias do Homem-Aranha.

Subi na pia e puxei umas revistinhas. Realmente lembrava história em quadrinhos. Era uma fotonovela pornográfica chamada *Marilza e o Marinheiro Lustroso*.

Eu tinha uns nove anos, e não fazia nem a vaga ideia de como os bebês eram concebidos. Olhar tais fotos me causou uma confusão mental terrível. Eu não entendia o que estava acontecendo nas imagens, mas quando um amigo meu me explicou que papai fez aquilo com minha mãe, só tive uma alternativa:

Comecei a chorar.

# A SENSUALIDADE DO FEIO

**PRECISAMOS FALAR SOBRE A ROMANTIZAÇÃO DA** feiura. Que parada é essa de dizer que todo mundo é lindo? Vocês tão roubando o lugar de fala de nós, os feios.

Não quero ser lindo como todo mundo. Quero ser diferentão. Tá ligado, ômi pantufa? Aquele que a mulher leva pro quarto, mas não passeia em público?

Então, esse é nosso segredo! Por trás de toda casada com um bonitão narcisista que se acha galã de elevador, existe um feio esforçado, rei dos paranauê de abrir sutiã, que tá saindo no lucro quando o corno viaja.

**SER FEIO É PRATICAMENTE UM ATESTADO DE PEGADA.** Nós somos o terceiro setor da indústria sexual, a galera que mete as caras onde ômi fresco só prova de canudinho.

Nunca reparou que só tem monstrinho nos desenhos do Kama Sutra? Precisamos ter bom papo, estudar a sexualidade feminina para compensar a falta de um gominho na barriga. O Viagra do feio é qualquer mulher querendo fazer uma caridade para um Capitão Caverna.

Com a gente, modelo se liberta e manda pra dentro um x-tudo boladão. A gente não liga para estria, celulite, barriga, **NADA!**

Porque levar mulher para jantar salada é pedir pra levar um pé no Tinder. Fala sério. Quando uma mina me chama pra comer fora, eu espero socá-la de bolinho de aipim até as cordas vocais.

**EIS ALGUNS BENEFÍCIOS DE NAMORAR UM FEIO:**

- Fazemos filhos bonitos. A prova empírica é a Liv Tyler, filha da carranca que canta no Aerosmith.
- Nenhuma mulher assedia seu marido na rua.
- À noite, na madruga, o ladrão de celular olha para o cara ao seu lado e pensa que seu namorado é concorrente no mercado da subtração de bens.
- Quando uma mina diz NÃO ao feio, ele vai embora sem perturbar, porque sabe que existe ZERO possibilidade de ser charminho. Um SIM para o feio só surge após profunda reflexão feminina.
- Se um feio faz fiu-fiu, pode ter certeza de que tem um cachorro por perto. Um feio jamais conquista alguém com menos de 30 minutos de desenrolo.

Portanto, vamos parar com essa bonitonormatização, hein!

# O DIA EM QUE BRIGUEI NO FLIPERAMA

**NA VERDADE, ERA UMA BIROSCA COM TELHA DE** amianto cheia de cachaceiros e criança querendo jogar com o Ryu. Meu irmão jogava *Street Fighter 2*, e um maluco meteu a ficha para jogar contra.

Meter ficha para jogar contra, sem pedir ao cara que estava na máquina, era motivo para bombardear a Coreia do Norte.

Ao ver aquilo, já fiquei logo puto.

Mas fiquei observando.

Só que meu irmão sempre foi o Mike Tyson do videogame. A luta durou sete segundos, três *hadoukens* e um *shoryuken* de três tempos. O adversário já caiu bolado no passarinho, tomando macete de rasteirinha no nariz. Quando tentou levantar, meu irmão já agarrou e encaracolou no rolamento Royce Gracie e...

YOU WIN!

O pilantra quis tirar meu irmão da máquina na marra. Eu cheguei e o diálogo foi mais ou menos esse:

— Qual foi, rapá, tomá no teu cu!

— Qual foi o caralho, vai tomar no cu você. Qual é o caô?

**— CAÔ O CARALHO, RAPÁ, QUAL FOI?**

88

— Qual foi do qual foi, caralho? Qual é desse caô, caralho?

— Caralho é o caralho, rapá!

Mas, nos anos 1990, briga de adolescente não terminava no programa do Datena. Havia um contrato social em que os dois brigões faziam o seguinte:

Fechavam os punhos.

Colavam os bracinhos junto ao tórax, estilo os bonecos Lango Lango.

Encostavam a testa um no outro como se brincassem de dança da laranja no *Programa da Xuxa*.

À distância de um beijo se encaravam, trocando bafo e ofensas.

Esse procedimento levava umas duas horas até alguém finalmente criar coragem para dar o soco.

Só que nesse dia, eu quebrei o protocolo.

O valentão do fliper era do meu tamanho, mas era carcaça. A mãe dele devia dar mamadeira sabor carré com fritas quando ele era bebê, enquanto eu era tão magro, que parecia um boneco de Olinda com cabelo Chitãozinho e Xororó.

Assim que se aproximou, ele disse algo que me deixou puto:

— **VAI TOMÁ NO CU DA MÃE CHEIO DE PAÇOCA!**

Não foi o xingamento que me deixou furioso.

Foi a criatividade.

Cu da mãe com paçoca? Nem Kid Bengala pensaria numa pornografia dessas.

Eu não podia perdoar aquilo.

E também já tinha muita gente olhando. Se eu arregasse, perderia minha dignidade.

O maluco me deu um empurrãozinho protocolar. A manual de etiqueta das brigas de favela dizia que eu devia assumir posição de Lango Lango e encostar minha testa na dele.

Mas fui revolucionário.

Olhei para meu irmão. Houve um diálogo estilo professor Xavier. Eu disse telepaticamente:

"This is Sparta?"

Meu irmão devolveu o olhar:

"Yes, this is Sparta!"

Mano, aquilo não foi um soco.

Foi **O SOCO** dirigido em câmera lenta pelo Zack Snyder.

A trajetória da porrada foi tão perfeita que o ar ficou riscado estilo desenho japonês.

O maluco não esperava aquilo. Até o último instante antes do impacto, ele não acreditou na mão que crescia diante de seu rosto.

Eu vi os olhos do sujeito se arregalando.

A porrada no nariz foi tão forte que destroncou meus dedos.

O maluco catou cavaca e caiu no chão.

Virei de costas, cabelos ao vento, vitorioso, certo de que o bem tinha vencido o mal.

Até que ouvi:

— **JÁ ACABOU?**

O bebê que tomava mamadeira de carré estava de pé. O nariz do tamanho de uma jaca. E os músculos inchando de ódio.

Olhei para ele cheio de raiva e desafiei:

— É melhor tu ficar no chão, mermão.

— E por que eu deveria?

Nossos olhares se cruzaram e respondi:

— Pra dar tempo de eu chegar em casa.

E saí voado, porque sou valente, mas não sou burro.

# PEGUEI HETEROSSEXUALIDADE LENDO GIBI DO CONAN

**EU NASCI GAY, MAS AO LER SOBRE AQUELE MORENO** musculoso, de tanga, com o corpo todo besuntado em óleo, como se fosse uma pintura do vocalista do MANOWAR, eu não resisti; era macheza demais para eu suportar.

Antes eu era tão gay, mas tão gay, que morava no saco de um homem. Fui expulso de lá para o útero de uma mulher. (Eca! Me abana, por favor!)

Em minha aventura no mundo da virilidade, eu assistia a *He-Man* e lia mensagens subliminares na transformação do Adam. Ele também era gay assumido: vestia rosa, usava cabelinho de príncipe valente, mas só ficava forte através da (boy)magia de Grayskull.

Aí sim, ele virava o homão da porra: caía um relâmpago de *whey protein* e o cara ficava bronzeado (Delícia! Perdão, Senhor. Deixei escapar), anabolizado pela mandinga da Feiticeira.

O Batman me ensinou a ser macho, a defender os héteros que sofriam *bullying*. O morcegão era muito másculo, usava cuecão de couro, roupa apertada — praticamente o integrante perdido do Village People (o grupo pop mais viril que já existiu).

Aí, quando cresci, sofria piadinhas dos amigos. Eu passava na rua e eles zoavam: nossa, lá vai o urso!

Tive que lutar muito, me esquivar de lâmpadas, pois todo mundo sabe que nós héteros somos muito perseguidos e julgados por gostar de mulher.

Diversas vezes, ao andar de mãos dadas com minha bofe pelo shopping, as pessoas cochichavam e riam. Cansei de ser convidado a sair de restaurantes, porque dei um selinho em minha mona... digo, namorada **(PATRULHE O VOCABULÁRIO, SEJE MACHO, MACHO!)**

Sempre me disseram que gostar de mulher era abominação aos olhos de Deus. A Mulher comeu a fruta do pecado e trouxe desgraça ao homem. Para ser um varão, eu precisava me relacionar com algum macho. Alguém como Ló, cujo *sex appeal* o fez vítima de estupro pelas próprias filhas (crianças seduzem adultos, sabia? Pedofilia é tudo conspiração da agenda heterossexualista). Tem um padre youtuber, que parece uma mistura de Gargamel com Senhor Burns dos *Simpsons*, que concorda comigo. Esses casos de abuso na Igreja são culpa da sexualização tardia dos adultos, que não resistem ao cheiro de shampoo Johnson's em criancinhas malvadas.

Hoje eu vejo beijos héteros em desenhos animados e reconheço o quanto fui corrompido pela família tradicional brasileira. Eu cresci vendo os desenhos do *Superman* e sei que isso me tornou assim (tem algo mais perigosamente másculo do que um musculoso de cueca vermelha e capa?).

**E O WOLVERINE?** Todo peludo e rude. Fico até com água na boca só de pensar (desculpa de novo, Senhor. Foi deslize).

Cuidado com o que você mostra para seu filho. Ele pode pegar heterossexualidade no metrô ou ouvindo piadas de futebol na aulinha de educação física.

**CUIDADO, AMIGOS GAYS!** Vocês precisam salvar suas famílias da agenda heterossexualista.

# SÍNDROME DE MACGYVER

**UMA VEZ CONSERTEI O MEU PLAYSTATION 2.** Quando liguei ele de novo, estava com gráficos de Super Nintendo.

Todo mundo tem um parente ou vizinho que se acha exímio conhecedor de todas as ciências. O cara não consegue mandar um áudio no WhatsApp, mas entende de hidráulica, engenharia elétrica, geofísica e teoria musical. É aquele sujeito que entra na sua casa, vê um eletrodoméstico com defeito, e declara:

— **IH, TUA GELADEIRA TÁ RUIM?** Eu fiz curso de refrigeração quando morava lá em Sovaquinho Cheiroso. Isso aí é problema no gerador de buburbles. Foi curto no Rockstead & Beebop e por isso o rêlambique de purrinha engasgou e tá dando paradoxo quântico. Tem que desmontar o motor e substituir o pedalinho por três Ana Paula Padrão. Xá comigo, parceiro. Isso é mole pánóis, tem caô não.

— Como é? Que parada é essa de beebop?

— É, cara. Beebop. Sacou? Mmbop, Mmbop, du da ba do, dos Hanson, tendeu?

— Ah, tá. Então beleza, pode consertar.

De peito estufado, o sujeito vai em casa e volta com uma maleta de ferramentas tão completa, que se Tony Stark tivesse uma dessas quando foi aprisionado em uma caverna teria montado a armadura com dois relógios e uma frigideira Tramontina.

E lá vai o vizinho sabichão.

O maluco se exibe colocando na mesa: chave de fenda, parafusadeira, chave de boca, chave de roda, chave do carro, prego, parafuso, três Paçoquitas e um minicraque do Cristiano Ronaldo.

Depois de três horas desmontando sua geladeira — sem conseguir resultado algum —, o cara puxa durex e fio dental para consertar tudo.

E enche sua geladeira de martelada:

**TANG, TANG, TANG!**

— Mano, tu vai quebrar minha geladeira!

— (TANG) Vou nada, mano (TANG), tá vendo essa peça aqui? (TANG) – O cara aponta para uma etiqueta com o número de série do aparelho. – (TANG) Isso aqui significa que o produto veio com defeito de fábrica. Você tem que pedir reembolso e jurar riqueza no pé de Jequitibá... Rei, pois com certeza isso aí é problema na junção do gás freon com o tubo José Inocêncio.

O pai de um amigo meu era assim. Consertava o ventilador, mas depois de remontar o aparelho, ficava sobrando peça.

— Seu Epaminondas. Tem certeza de que não precisa colocar a hélice no lugar?

— Nada, rapá. Eu conheço esses modelos antigos. Esses ventiladores de ferro funcionam com três níveis de velocidade: **RESFRIADO, GRIPE E PNEUMONIA.**

# A PSICOLOGIA DE TOM E JERRY

**AS MÃES DA MINHA GERAÇÃO NOS EDUCARAM COM** a psicologia do Tom e Jerry. A minha se inspirava no desenho e criava armadilhas pra mim. Às vezes, quando eu fazia merda, ela me olhava estoica, com uma falsa serenidade.

E aguardava eu ir tomar banho. Ficava lá, assobiando tranquilamente, as mãos na louça.

Mas eu sabia.

Por baixo do detergente, os dedinhos seguravam uma havaiana de pau imaginária. Enquanto eu estava lá, nu e molhado, brincando com o *action figure* de pelanca que Deus colocou entre minhas pernas, mamãe chegava na ponta dos pés — sua sombra alongada profetizava o *fatality*.

Mamãe era tão sinistra que fazia o especial de Subzero e do Scorpion com apenas UM movimento.

C pra trás + cinto.

A água do chuveiro congelava.

**A CINTADA QUEIMAVA.**

Uma doutoranda em física.

PhD em estudos empíricos do uso de energia cinética na educação do filho.

Assim que ela abria a cortina do chuveiro, eu tinha aproximadamente um quarto de segundo para entrar no clima.

Aí rolava um *cosplay* de um filme do Mel Gibson.

Eu era Jesus.

Mamãe, o soldado romano que contava as chibatadas em latim.

— Seu. Filho. Da. Puta. Isso. É. Pra. Você. Nunca. Mais. Roubar. Moeda. E. Ir. No Fliperama!

Mas não posso me vitimizar.

Eu era um **MINI-SATANÁS.**

Eu e meu irmão já colocamos fogo no lixo do banheiro e apagamos com o xixi do penico.

Brincando de lutinha, quebramos o pé da cama de meus pais. E, na maior cara de pau, como dois pequenos mitômanos, colocamos a caixa de som do rádio — que ficava sobre a estante da sala — para substituir a perna quebrada da cama.

Meu pai chegou e a primeira coisa que ele perguntou foi:

— **CADÊ A CAIXA DE SOM?**

Eu e meu irmão nos olhamos e declaramos em uníssono:

— Foi a gente, não. E também não foi a gente que quebrou a cama. Juro.

Meu pai caiu na gargalhada, enquanto eu e meu irmão mantínhamos uma comunicação telepática *à la* Temer: "Não importa a verdade. Essa é a versão. Tem que manter isso aí".

Mas voltando ao meu dom inato de fazer merda...

Sabe as trancas estilo "pega ladrão"? Na porta lá de casa tinha uma. Entre a parede e a soleira, a corrente deixava uma brecha mais estreita que um pincher.

Mesmo assim, eu escapava e fugia para o fliperama na favela.

Agachado por trás do sofá, passava meu quengo **GIGANTE** pela fresta e virava uma mistura de polvo com ninja, deslizando feito um bicho.

E lá ia eu. Barrigudinho, vinte e cinco quilos de cabelo, descalço, correndo feito um curupira até o Bar do Bigode.

— Coé, bigode, me dá uma ficha aê, uma ficha, dá uma ficha aê.

Eu falava rápido porque sabia que, entre o começo da partida de *Street Fighter* e a descoberta das moedas que faltavam na bolsa de minha mãe, eu teria mais ou menos vinte e cinco minutos de vida.

A partida deixava de ser apenas um jogo. Virava o último desejo de um condenado no corredor da morte.

Passar do Vega se tornava uma metáfora para a vida. *Se você errar o shoriuken no Vega, sua vida foi em vão. Mamãe vai te achar e o chinelo vai cantar.*

*Concentre-se, Gabs: C para trás mais soco. Se afaste. C para trás, se afaste.*

E por falar em para trás.

Chegava mamãe no fliperama.

Um sorriso que deixava os malares dela do tamanho de cordilheiras. Nessas horas eu descobria uma verdade...

Um sorriso também mostra os **CANINOS AFIADOS.**

# POBRE EM FESTA DE RICO

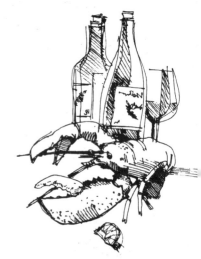

**QUANTO MAIS CARA A COMIDA, MENOS VOCÊ SE** satisfaz. Uma vez fui em um jantar chiquinho — onde todo mundo me confundia com o cara do buffet — e o prato principal era lagosta. Na mesa, um monte de talheres tão esquisitos que eu não sabia se era pra comer ou fazer autópsia no crustáceo. Tinha até um martelinho pra quebrar a carapaça.

Eu, denunciando minhas origens de quem só vai em festa pra comer risole e cajuzinho, bati na lagosta com a força de um viking enfrentando o Kraken; um pedaço da casca saiu voando e virou alpinista no laquê de uma convidada.

Fingi que não fui eu, mas o garçom sorriu para mim e deu uma piscadinha que significava: **ALÔ, NILÓPOLIS!**

Continuei futucando o ovo do alien. Quilos de exoesqueleto pra chupar uma gosma que não dava nem pra tapar a obturação que tinha caído semana passada.

Vejo esses programas tipo MasterChef e me impressiona a cara de pau dos restaurantes gourmet. O cara bota uma folha de rúcula para enfeitar um pedaço de boi tão sem gordura, que o bicho deve ter morrido de bulimia antes de chegar ao matadouro. Aí, faz um filete de molho vermelho com gosto de Babaloo cereja e te cobra R$ 200.

Em um episódio, o cozinheiro fez uma "rabada": duas batatas, um fiapo de agrião e três cubinhos de carne.

Velho, na moral, isso não é rabada.

Rabada causa **SUSPENSE** antes de comer, pois você sabe que pode ser a última refeição. Por isso que rico é tudo magro. Não é academia; é fome.

Se uma madame dessas morder um x-tudo boladão vai chorar lágrimas de bacon e felicidade. Por oito reais, vou ao paraíso da gordura e vejo o vale dos enfartados.

Eu sei que esse tipo de comida vai me matar, mas eu prefiro cinquenta anos de coxinha e brigadeiro a noventa **CHUPANDO OSTRA!**

# GUIA HONESTO DE BAIRROS E CIDADES DO RJ

**VOCÊ SABE QUE MORA EM UM BAIRRO BOM QUANDO** as placas de "ALUGA-SE" são da Julio Bogoricin Imóveis.

Eu nem sei quem é Julio Bogoricin, mas esse nome tem cheiro de riqueza. Imagino um cara estilo Roberto Justus, atrás de uma mesa de mogno tão polida quanto ônix.

Quem mora em bairro de fodido vê uma placa da Jardel Imobiliária ou pichações em banca de jornal com o anúncio: "KITINETE EM OLARIA, PENHA, CORDOVIL, ME ADD NO ZAP".

Pensando nisso, fiz um guia de moradia para o Rio de Janeiro

- **BARRA DA TIJUCA**

Um lego habitado por seres humanos. A Barra da Tijuca é notória por te obrigar a sair de carro para comprar mariola. Pelos padrões universais, um bairro precisa de três elementos:

1. Mendigo simpático conhecido na vizinhança.
2. Boteco com ovos coloridos e tiozões de perna enfaixada.
3. Idosos jogando sueca numa praça.

Logo, a Barra não é exatamente um bairro; é um presépio montado para emergentes e jogadores de futebol.

**ADENDO:** se você mora no condomínio Rio2, você é de Curicica, pare de esconder a conta de luz de sua família e peidar cheiroso.

- **BRÁS DE PINA**

Minha terra natal tem clima de vulcão proporcionado pelo rico canavial de postes de luz. Aqui é o único lugar do RJ em que a esfiha do chinês é feita com carne de cachorro autenticada pelo William Bonner (lembra da notícia no Jornal Nacional? Pois é, foi aqui).

Como em certos países escandinavos, Brás de Pina oferece transporte gratuito aos seus moradores. De manhã é possível ver idosos, grávidas e crianças pulando na plataforma do BRT para evitar a roleta.

Brás de Pina também abriga o local em que cresci, o conjunto do Quitungo. Diga esse nome em voz alta pausadamente:

QUI-TUN-GO.

Não parece onomatopeia de HQ da Marvel? Vejamos como ficaria em um gibi dos Vingadores:

*Thanos levou um soco do Hulk. O impacto do titã contra a parede desmoronou todo o prédio, causando uma nuvem de poeira QUITUNNNNG!*

### • RAMOS

O *hobby* dos moradores é se encontrar no Mundial e jantar o hambúrguer de R$ 4,50 na barraquinha do Cléber.

O SESC tem uma programação cultural interessante, mas ninguém consegue ouvir, porque os ensaios da Imperatriz já ensurdeceram geral.

### • ENGENHO DE DENTRO

O Méier engravidou alguém e não assumiu o filho. Mais tarde essa criança foi batizada de Engenho de Dentro. É conhecido assim por todos, menos pelos moradores, que choram em posição fetal se você disser que eles não moram no Méier.

Com uma visão paradisíaca do muro da estação, Engenho de Dentro se destaca por um Estádio de Futebol semi-inútil e uma vida noturna rica em adrenalina para aqueles que ousam falar ao celular sem escolta policial.

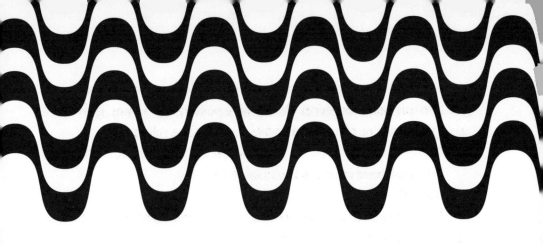

- **COPACABANA**

Esse bairro é como dia de pagamento na Caixa Econômica: um congresso de geriatria cujos participantes se vestem com meias cor de churros e bermudas. Copacabana tem tanto velho que até os pivetes já estão com artrite por osmose; os batedores de carteira precisam roubar em *slow motion* para não ficar fora de sincronia temporal com suas vítimas.

- **FLAMENGO**

O Aterro é uma pista de atletismo para profissionalizar batedores de carteira.

Primeiro o pivete faz estágio lá, derrubando ciclista e surrupiando idosos. Depois, ele é efetivado e transferido para a filial Largo do Machado, onde disputa a praça com aposentados e vendedores de quibes tão árabes quanto um sergipano.

O flamenguista básico possui uma rotina básica: ir ao cinema, frequentar a São Salvador, se esquivar dos bueiros que explodem na Senador Vergueiro e frequentar a feirinha de livros.

- **QUEIMADOS**

O *Programa do Wagner Montes* e o *Patrulha da Cidade*, na Rádio Tupi, jamais teriam tanto material jornalístico se não fosse por Queimados.

- **OLARIA**

Olaria deveria se chamar Otaria, pois o povo desse bairro paga R$ 80 numa pizza das Cinco Bocas — uma xerox malfeita da cópia da cópia da cópia da Cobal do Humaitá.

Só para deixar claro: o Balbino não é o Copa D'Or.

Olariense acha que o Chopinho de Olaria é o melhor lugar do mundo, embora seu sonho de consumo seja um apartamento no IAPI da Penha.

- **MARIA DA GRAÇA**

Se não fosse pela linha 679, o povo desse bairro ficaria tão isolado, que faria amizade com uma bola de vôlei Wilson.

- **IRAJÁ**

Bairro em que os pobres da zona norte enterram os parentes e depois lancham no Habib's. Tem um shopping funerário ao ar livre, com várias galerias de arte para você chorar o defunto.

- **NOVA IGUAÇU**

Rico vai passar férias em Austin, Texas. Pobre vai passar férias em Austin, Nova Iguaçu.

O adjetivo nunca fez sentido, pois Nova Iguaçu é tão velha quanto o descobrimento do Brasil.

Em Nova Iguaçu, tudo funciona ao contrário: a Via Light é escura, o bairro da Luz É A TREVA.

Existe loja de tudo por um real, pois eles ainda estão em 1994, e Fernando Henrique Cardoso fala na Voz do Brasil.

Até o cachorro de rua é diferente em Nova Iguaçu. Já vi um vira-latas cor de MUSGO latindo para dois Exus e um lobisomem.

O ônibus 551 roda tanto que no trajeto você volta no tempo.

- **TAQUARA**

A Hong Kong da Zona Oeste tem trânsito mais confuso do que Londres. Durante a obra do BRT, você precisava usar GPS para andar na sua própria rua ou poderia acabar em uma passarela que te levava ao Prezunic.

Os taquarenses que trabalham no centro do Rio saem de casa como se fossem acampar por quarenta anos no Outback australiano, pois se houver engarrafamento na Linha Amarela, eles vão conhecer alguém no ônibus e já terão um filho antes de chegar à Presidente Vargas.

- **FREGUESIA**

Considerada o Leblon de Jacarepaguá por uma galerinha que se acha rica. Nem vem que geral sabe que vocês mobíliam a casa com nugget de serragem comprado em 12 vezes nas Casas Bahia e na lojinha de 1,99 ali perto do Mundial.

- **LIDO**

Bairro fictício que só existe na cabeça de quem acha que a Praça Cardeal Arcoverde não tá em Copacabana.

- **LAPA**

Se você for em todos os orelhões desse bairro e descolar os folders de travestis, dá para alinhá-los e contornar a Terra.

- **URCA**

Dizem que Moisés e Abraão venderam o primeiro lote ao Roberto Carlos. É um bairro cuja vida social se concentra numa mureta que serve de apoio para a cerveja dos invasores hunos.

A Urca é tão calma que até as ondas do mar têm preguiça de dar caixote com suas marolinhas.

- **BENFICA**

Tem tanto egum sem luz que criaram uma rua só para vender lustre e lâmpada. Benfica é tão perigoso que a macumba que fizeram para você vai te buscar dentro do Prezunic.

- **VICENTE DE CARVALHO**

Quando as portas do metrô se abrem, os moradores se transformam numa manada de gnus fugindo do incêndio numa savana. Vale empurrar, dar bandão e dedada no olho para ocupar um banco no vagão.

- **VILA KOSMOS**

É para onde vão as pessoas de Vicente de Carvalho quando se aposentam. É também onde passa o 940, o ônibus que levou Bobby, Eric, Hank, Diana, Presto e Sheila ao mundo de Caverna do Dragão.

- **CURICICA**
É onde fica o PROJAC. Cabô, fim, tem mais nada lá.

- **BELFORD ROXO**
Namorei uma mina lá. Acabou porque eu não tinha bota para andar na lama.

- **VAZ LOBO**
Como o nome sugere, à noite é tão sinistro e deserto que a polícia leva munição de prata.

- **QUINTINO**
Puta que pariu, mermão...

- **RECREIO**
Andar de carro no Recreio é como jogar *River Raid* (lembra do joguinho do avião no Atari?): o cenário infinito vai ficando mais rápido, mas a paisagem de condomínios se repete sem fazer muita diferença.

- **SÃO GONÇALO**
Quem mora aqui diz que é de Niterói e vai continuar afirmando isso mesmo sob tortura. Para um autêntico gonçalense, Niterói vai da ponte até o Espírito Santo.

- **TIJUCA**
Os tijucanos acreditam que foram arrancados da Zona Sul por um vórtice dimensional, mas seu bairro fica na Zona Norte tanto quanto Olaria.

Orgulhosos de morar em um vale cercado por alvenaria laranja, um típico tijucano só sai de casa guarnecido por um poodle e um filho com uniforme do Colégio Pedro II.

### • MÉIER
Pela intensidade dos engarrafamentos, suspeita-se de que o Méier seja povoado por paulistas infiltrados no RJ. No Baixo Méier — e todo bairro carioca que coloca "baixo alguma coisa" tá querendo tirar onda de bacana — tudo envolve o trânsito, até mesmo ir a pé ao Sindicato do Chope. A paulistada já andou copiando. Olha o Baixo Augusta.

### • MADUREIRA
É o cenário perfeito para filmes de Kickboxer. Você não precisa ir para Hong Kong em busca de figurantes chineses, pois 90% das pastelarias do planeta estão na Edgar Romero.

### • VILA VALQUEIRE
Deveria se chamar bairro do Tinder, pois só tem locadora de carro e motel.

### • GLÓRIA
Se fecharem o Amarelinho, os moradores vão morrer de tédio ou infarto tentando subir as ladeiras.

### • CATETE
Esse anexo do Largo do Machado parece um centro cultural numa calçada e Madureira na outra. Tem um famoso camelô que grita na rua: **"QUER COMER MINHA ROSCA QUENTE?"**.

Suas rosquinhas são deliciosas e baratas, só perde em preço para o yakisoba do chinês ali perto do Mercado Princesa.

É o subúrbio da Zona Sul. Se o Catete fosse teletrasportado para a Abolição, o povo nem perceberia a diferença.

- **PENHA**

Famoso pelo atendimento de baleados no Hospital Getúlio Vargas, esse bairro precisa de pastelarias chinesas que já chegaram ao século XXI. Nenhuma das pastelarias da estação aceita débito, e se você insistir, o balconista só te fala o preço da esfiha inbox.

A Penha abriga o parque de diversões mais tradicional e enferrujado do Rio de Janeiro, o Shangai, cuja montanha-russa foi desativada para evitar as balas perdidas que não estavam incluídas na atração.

Se não fosse pelo Guanabara e pelo Intercontinental, haveria um êxodo dos penhenses para Olaria, pois o *hobby* dos penhenses é discutir na fila da carne.

- **VILA DA PENHA**

Uma versão rica da Penha, com a diferença de que a classe média faz *cooper* ao redor do Valão da Oliveira Belo como se estivesse no calçadão de Copacabana. Um viladapenhense se acha muito cult, mas as salas de cinema do Shopping Carioca são todas dubladas.

### • HIGIENÓPOLIS
Se a vida fosse um episódio de *Stranger Things*, Higienópolis seria o "Upside Down" de Bonsucesso. Esse bairro se mistura com a saída 7 da Linha Amarela e suas fronteiras só são perceptíveis quando você já tá deitado no chão com os crackudos em Manguinhos.

### • PARADA DE LUCAS
Só pelo nome você não vai querer parar lá.

### • INHAÚMA
O nome desse bairro soa como alguma variação de aipim amazônico, mas para descrevê-lo com justiça é necessário expandir a imaginação.
Já assistiu a *O Senhor dos Anéis*?
Então... Inhaúma é onde o Frodo precisa ir para destruir o anel.

### • SULACAP
Deveria ser nome de um produto de limpeza, mas resolveram batizar um bairro com isso, coitado.

### • VILA ISABEL
Um dos poucos lugares do mundo com cinco botecos por habitante. Os nativos tomam Heineken com pão com manteiga antes de trabalhar. Em Vila Isabel se bebe por felicidade, por tristeza, por tédio e se bebe para se preparar para beber.

- **GRAJAÚ**

Apesar do aluguel e do IPTU altíssimos, o turismo da população se concentra nos mercados Prix. Pessoas se conhecem, se apaixonam e se casam no Prix. Sem esse passatempo, o grajauense seria uma espécie extinta em poucos anos, pois a população é composta basicamente de aposentados e seus respectivos pets.

- **RIO COMPRIDO**

Um bairro cujo único ponto de referência é o SENAC só pode ser chamado de bairro por protocolo social e piedade.

- **ANDARAÍ**

Depois que o Dondon parou de jogar no Andaraí, ninguém nunca mais ouviu falar do bairro, a menos que estivesse com virose e precisasse de um hospital.

- **HONÓRIO GURGEL**

Esse bairro exportou a Anitta para o mundo. Consiste em um apêndice de Rocha Miranda, só que com milhares de terreiros de candomblé funcionando de segunda a segunda.

- **BANGU**

Bairro com quatro estações do ano: verão, calor pra caralho, combustão espontânea e balneário do Satã.

Bangu tem uns borrifadores de água no calçadão, mas isso só ajuda a criar lama de maquiagem na cara das MOLIERES.

- **RIOCENTRO**

Centro de quê? Só se for do rabo da mãe de quem batizou esse lugar de bairro. Se não fosse o centro de convenções, ia ter um vilarejo de curupiras nessa porra!

- **ILHA DO GOVERNADOR**

Assim como o Méier, o trânsito aqui é tão absurdo que o bairro se transformou no estacionamento do Galeão.

Eu já morei na ilha e posso afirmar: o insulano acha que é irlandês; odeia sair desse arquipélago de bosta flutuante.

O destaque aqui é a vida noturna na Praia da Bica, local com uma impressionante vista do mar em tom de caldo de cana.

- **JAPERI**

Quando eu era escoteiro, acampava em Japeri.

Mano, um lugar onde é possível **ACAMPAR** define tudo o que você precisa saber sobre ele.

- **JACARÉ**

Não existe ateu no trajeto do 622. Depois de passar pela SUIPA, recomendo iniciar um Pai-Nosso.

- **JARDIM BOTÂNICO**

Fora as árvores, dois mercados Zona Sul e o Gregório Duvivier, a maior atração são os vendedores de quentinhas em bicicletas. Jardim Botânico é o Rexona do Cristo Redentor e se resume numa reta sem nenhuma vitrine para te distrair, enquanto você faz *cooper* pagando de realeza carioca.

- **CAMPO GRANDE**

Esse leva um adjetivo justo. Campo Grande merecia uma monarquia, porque com certeza é do tamanho da Europa. Só perde em dimensões continentais para Nova Iguaçu, que possui todos os climas da Terra e uma fauna impressionante de cachorros mutantes que moram em oficinas mecânicas.

Big Field é tão grande que possui três *FUCKING* ESTRADAS.

Preste atenção. As estradas não cortam Campo Grande.

Elas estão **DENTRO** de Campo Grande.

O clima é o mesmo de Dubai e todo mundo recorre ao West Shopping para economizar ventilador, pois morar em Campo Grande é prova cabal de não ter grana para pagar ar-condicionado.

- **LAGOA**

Apesar do nome, esse bairro tem uma poça de musgo e conteúdo de bunda. Posso dizer com segurança que aqui é o cu da Cidade Maravilhosa. Todo cocô do Rio de Janeiro desemboca nessa lagoa.

Ao redor, um monte de prédios cujo preço do metro quadrado vale mais do que um rim no mercado negro. Aliás, é mais fácil você importar um filho adotado na Gearbest do que conseguir um aluguel barato nessa bodega.

- **LEME**

Esse não bairro entre o final de Botafogo e início de Copacabana se materializou graças ao consciente coletivo. Se as pessoas das adjacências resolverem ficar descrentes em relação à existência do Leme, os prédios vão desaparecer e os moradores acordarão na ilha de *Lost*.

- **BONSUCESSO**

Em suas calçadas, a densidade demográfica supera a quantidade de pessoas na Índia e China juntas. É um núcleo sem qualquer padrão arquitetônico. Tem C&A ao lado de açougue, e camelô na calçada do Banco Itaú. O Complexo do Alemão em peso faz faculdade na SUAM.

- **SANTA TERESA**

Você vai saber onde fica assim que farejar a nuvem de maconha encobrindo os céus. Parece a cidade Nova Era do seriado do Osho que tem na Netflix. Eu moraria lá tranquilamente.

- **SANTA CRUZ**

É o fim da Matrix. Depois de Santa Cruz a realidade é uma tela preta cheia de códigos binários. É tão longe, mas tão longe, que fica depois de um bairro chamado **PACIÊNCIA** — e olha que essa viagem é de trem, o meio de transporte mais rápido do RJ.

- **ESTÁCIO**

Acho que o Estácio é tipo o Acre; escreveram o nome numa estação de metrô para fazer baldeação, mas nunca subiram as escadas para ver se lá fora existe um lugar de verdade.

- **PADRE MIGUEL**

É a Silent Hill do Rio de Janeiro. Depois que escurece, coisas estranhas acontecem no 926 Penha x Senador Camará.

As bizarrices já começam no fato de que nunca conheci alguém que morasse em Senador Camará, ponto final desse ônibus. Nem na rádio 98 eu ouvi qualquer dedicatória de amor de alguém que vivesse em Senador Camará.

Saca aqueles locutores falando?

"Bira da Abolição dedica 'Careless Whisper' para Antônia de Nilópolis."

Sério, nunca em meus 39 anos ouvi o locutor falar o nome de alguém de Senador Camará.

- **ICARAÍ**

A Copacabana de Niterói, com a diferença de que todo mundo dorme às 10h da noite.

- **JARDIM ICARAÍ**

Um bairro inventado pelos bares *hipsters* de Santa Rosa só para subir o IPTU e **VENDER CERVEJA MAIS CARO.**

- **PAVUNA**

Uma zona de transição entre o nada e o porra nenhuma. A Pavuna é uma encruzilhada quântica em que o passado se mistura com o presente: tem SESC e tem viaduto, mas também tem camelô que aceita pagamento em cruzeiro e carroças puxadas por equinos.

Faz fronteira com São João de Meriti e Villar dos Telles, o Vale do Silício do jeans.

- **SÃO CRISTÓVÃO**

Famoso pela Feira dos Paraíbas — que agora está hipsterizada —, São Cristóvão é a Gotham City carioca. Com a Linha Vermelha sombreando um longo trecho, o bairro proporciona condições ideais para perder os pais em um assalto e vestir uma roupa de morcego.

- **LEBLON**

O nome é tão seboso e *blasé* que nós, os pobres, chamamos de "Lebron" em ato de protesto contra a francofonia do nome.

Aqui o pessoal já acorda maquiado, porque as pessoas não são de verdade; elas são androides numa Westworld que imita uma novela do Manoel Carlos.

**O LEBLON É TÃO ELITIZADO**, que se você mora no Flamengo, eles já te olham como a Dona Florinda olha para o Seu Madruga.

Contudo, lá existe A Cruzada, uma chaga de pobreza que faz todo leblonense lembrar que jamais morará em Paris – chupa que é de uva!

- **VARGEM GRANDE**

Não é exatamente um bairro, mas um sítio comprado pela Xuxa.

- **TRIAGEM**

No dicionário, triagem significa "selecionar". A estação desse bairro separa os fodidos dos muito fodidos. Se você descer do metrô nesse bairro, é porque pertence ao segundo grupo.

- **CAXIAS**

Uma cidade tão grande que não cabe descrevê-la em algumas linhas. Mentira.

Na verdade, eu tô com medo de ofender algum matador de Caxias. O bairro tem mais quebra-coco por metro quadrado do que M&Ms num pacotinho.

# QUANDO EU ERA ESCOTEIRO

**O MUNDO ERA TÃO DIFERENTE, QUE CRIANÇAS** podiam acampar em regiões habitadas por chupa-cabras. Tínhamos medo do papa-cu-rasteiro, um monstro folclórico com apetites gastronômicos similares aos do Alexandre Frota.

Hoje, escoteiro tem medo do Champinha, do Chikungunya e de acampar em algum lugar indicado pelo Guilherme Boulos.

Antes, a galera partia rumo ao matagal sem muita preocupação. Não havia celular, por isso nossos pais tiravam férias dos filhos aborrecentes para atualizar o *Kama Sutra*.

Os grupos escoteiros do RJ costumavam fazer competições entre si. As modalidades esportivas eram das mais estranhas:

Subir no pau de sebo, disputa de amarras (nó de marinheiro) — um monte de coisa útil se você caísse numa ilha deserta dominada por uma fumaça preta e um computador que evitasse o fim do mundo. Caso você não estivesse em um seriado sem pé nem cabeça, tais habilidades seriam tão essenciais quanto falar mandarim em Parada de Lucas.

Tinha um grupo escoteiro que entrava marchando nas competições como o exército da Coreia do Norte; as mãos batendo na coxa marcavam o ritmo do grito de guerra:

— **BOINAS PRETAS, CLAP CLAP, BRASIL!**

Aos meus ouvidos, esse refrão soava como aquelas danças tribais maori em times de *rugby*. Um troço que dizia em mensagem subliminar:

"Ei, escoteirinho! Eu não sou uma criança, sou um Funko do Punisher que vai te eviscerar e guardar seu fígado na lancheira."

Os coturnos militares vibravam no chão (o restante de nós, escoteiros, usava Kichute e tinha a disciplina de um coala), e a farda verde-oliva desse grupo se destacava das tradicionais gandolas cor de churros.

Já viu *Karatê Kid*?

Então, esse grupo era a Cobra Kai, a academia vilã do escotismo.

Sem piedade alguma com Huguinho, Luizinho e Zezinho, os sobrinhos do Pato Donald — no caso, eu e o restante dos garotos.

No Grupo Escoteiro Cobra Kai tinha uns molequinhos de doze anos tão mal-encarados, que deviam tomar mamadeira desenvolvida pelas Forças Especiais Israelenses.

Eles sempre venciam, **AQUELES PUTOS.**

O restante dos escoteiros precisava estudar, jogar videogame — fazer coisa normal de criança. Os escoteiros da Cobra Kai se divertiam comendo carne de onça após caçá-la na selva amazônica usando apenas cerol de pipa.

Aos domingos, no grupo escoteiro, normalmente a molecada brincava de caldo.

Explico. Caldo era basicamente jogar um coleguinha sobre um sofá velho e encher ele de almofadada. Uma espécie de corredor polonês, só que sem corredor e sem polonês.

Um dia, em uma das visitas da Cobra Kai ao nosso humilde grupo escoteiro, tentaram brincar de caldo com um dos Boinas Pretas.

Mermão...

Enquanto a gente vinha com as almofadas, o moleque de verde-oliva parecia o Rambo jogando todo mundo para o alto com bandão e golpes de Krav Maga.

Porra, mano.

**NÃO SABE BRINCAR, NÃO BRINCA!**

# GANHANDO MÚSCULO E HUMILHAÇÃO

**SOU MEDALHISTA OLÍMPICO EM ASSISTIR À NETFLIX,** mas confesso que já tentei outras modalidades esportivas que não envolvessem o esforço de acompanhar legendas. Com o advento do Xvideos, por exemplo, fui campeão de supino reto de fimose, mas essa modalidade é proibida pela Igreja.

Uma das coisas que me faz fugir de academias é a humilhação de ser exibido na vitrine. Tá lá a vidraça para a rua, com nós, os gordos, correndo nas esteiras como camundongos de laboratório. Os pedestres passam encarando um show de tetas masculinas represadas por moletons.

Houve um tempo — antes de minha pança desenvolver órbita própria — em que frequentei uma academia que parecia ter saído dos filmes do *Rocky*. Tinha apenas uma mulher, e se você fosse gordo, sofria tortura psicológica de caras que tinham tomado Sustagem sabor rabada com agrião.

O lugar cheirava a suor, e as paredes eram decoradas com calendários de mulher pelada. A atendente do balcão — a única do sexo feminino — escarrava no chão e parecia o **PÉRICLES DO EXALTASAMBA.**

Não havia essas esteiras eletrônicas que leem seu batimento cardíaco, glicose e até a previsão do horóscopo.

O ginásio tinha um clima de penitenciária de filme; uns malucos do tamanho de caminhões, tatuados, com tanto esteroide no sangue, que se espirrassem perto de mim, eu ganhava um abdome trincado. Eu entrava na academia de cabeça baixa, com medo de ser violentado. Realmente me sentia no Carandiru.

Foi quando chegou a primeira esteira eletrônica ao local.

Os marombas olharam para o aparelho desconfiados. Cercaram a esteira como neandertais ao redor de um disco voador. Quando vi aqueles primatas com medo da tecnologia, enchi o peito de confiança e pensei:

*Não sabem usar uma esteira. Bando de visigodos.*

Subi no aparelho pela primeira vez. A esteira cheirava a celular novo.

Os marombas me olhavam como se eu fosse um astronauta desbravando Marte.

Empolgado com o painel digital da *Enterprise*, coloquei meus fones de ouvido. No mp3 tocava a trilha sonora de *Rocky IV*, aquele que se passa na Rússia e o Apolo Creed morre pelas luvas de Ivan Drago.

Comecei a correr, cheio de marra, desfrutando de minha coragem diante daqueles homens das cavernas. Conforme aumentava a velocidade da esteira, mentalizava a cena de Sylvester Stallone subindo a montanha coberta de neve, os músculos tão quentes quanto o ódio no coração de Rocky Balboa.

Foi quando encontrei um botão misterioso no painel.

Intrigado, apertei.

Ele acionava a inclinação da esteira para simular corrida em montanhas. Igualzinha à que Ivan Drago usava no filme *Rocky IV*.

Nesse momento, começou a tocar "Burning Heart" no mp3.

**PUTA QUE PARIU**, me senti o próprio Balboa prestes a enfrentar o comunista ciborgue Dolph Lundgren!

Empolgadaço, comecei a apertar os botões de inclinação e velocidade.

Como Rocky Balboa vencendo a cordilheira, eu gritava na minha mente:

**"DRAGOOOOOO! DRAGOOOOO!"**.

Mas eu havia esquecido um detalhe.

Eu era gordo.

E gordo só faz gordice.

Foi quando a esteira ficou mais rápida do que eu podia acompanhar.

Levei um estabaco **ÉPICO** e fiquei rolando na esteira igual a um frango de padaria.

# ESCRITOR CULT E AUTOR DE GÊNERO SE ENCONTRAM NUM BAR

**ESCRITOR CULT:** Garçom, me vê um chope bem gelado para esfriar minhas angústias epidérmicas.

**AUTOR DE GÊNERO:** Garçom, me dá um chope. Tá calor né, colega?

**ESCRITOR:** Sim, minhas entranhas fervem, mas minhas terminações nervosas são apenas um manifesto parcial da realidade, pois se não houvesse a denominação "calor", eu jamais poderia senti-lo, assim como o daltônico não enxerga o vermelho.

**AUTOR:** Pô, cara... sem querer te contestar, mas tá quente pra cacete.

**ESCRITOR:** Mudemos o tópico para evitar contendas filosóficas. O que anda escrevendo?

**AUTOR:** Ah, é um romance de fantasia épica sobre um dragão que assume forma humana e se rebela contra seus pares.

**ESCRITOR (COMEÇANDO NUMA CRISE ALÉRGICA):** Hum, excelente crítica subliminar ao imperialismo colonial português. Vejo um paralelo com alguns filmes de Augustus Vansufleshgonton, o cineasta franco-esquimó radicado na Antuérpia.

**AUTOR:** Olha, pra ser honesto, eu só queria escrever uns livros com dragões…

**ESCRITOR:** Irmão, a literatura cumpre uma função social que transcende a semântica das palavras. Os ditongos jamais lutam sozinhos!

**AUTOR:** E você? Tá escrevendo?

**ESCRITOR:** Sim! Estou há seis anos preso em uma frase! Ainda não encontrei um adjetivo adequado para definir meu protagonista.

**AUTOR:** Sobre o que é o livro?

**ESCRITOR:** Eu conto a história de um escritor de classe média apaixonado por um lutador de sumô de origem asteca que supera a anorexia para lutar no Japão.

**AUTOR:** Você travou no livro?

**ESCRITOR:** O problema está na minha alma. Não estou conseguindo dialogar com minhas paixões.

**AUTOR:** Pô, cara. Faz uma escaleta que ajuda.

**ESCRITOR GRITANDO:** Escaleta? ESCALETA?????? COMO ASSIM VOCÊ QUER QUE EU USE TÉCNICAS NARRATIVAS??? ASSIM O PÚBLICO VAI ME ENTENDER!

# TRETA DO MERCADO

**EU TENHO UM DETECTOR DE BARRACOS. VOVÓ** dizia que isso se chamava "instinto pelvelso", os motoboys chamam de "sangue no zoio", mas eu chamo apenas de espírito de porco.

Passava em frente ao mercado, quanto meu nariz coçou. O calafrio indicava treta na porta. Vi duas viaturas, meia dúzia de PMs e uma muvuca enfurecida.

O motivo não era a prisão do Lula.

Nem os 70 mil homicídios por ano.

Era tudo por causa de **CERVEJA** em promoção.

Sério, brasileiro atura até guerra civil, mas se tocar em sua mamadeira de cevada pré-Carnaval, fodeu; os céus se desenrolam e arcanjos parecidos com o baixinho da Kaiser descem do firmamento para punir os sóbrios. Em suas trombetas apocalípticas, tocam Chiclete com Banana e Ivetão, The Sangalo.

O infeliz estabelecimento fez uma oferta de TV, mas a cerveja em promoção tinha acabado. Os clientes quiseram levar uma outra de preço similar; contudo, o gerente mandou fechar os caixas.

Um dos clientes tentou passar o carrinho na marra. O segurança o empurrou.

O tiozinho caiu **LENTAMENTE**.

E digo lentamente pelo seguinte: foi em câmera lenta MESMO.

Ele praticamente sentou no chão e foi aderindo ao pavimento com as costas, até jogar as pernas para o alto e ficar na posição de frango assado.

Alguém com gerontofilia ficaria assanhado.

Enquanto o tiozinho terminava de se transformar em adesivo de sinteco, o filho dele partiu para cima do segurança. No meio do caminho, o rapaz pegou um frango temperado e girou como Thor manipulando o Martelo Mjolnir.

O segurança se esquivou.

Uma mulher levou o Mjolnir a passarinho nos cornos, mas não caiu; ela colocou as mãos nas cadeiras e baixou a Pombajira numa gargalhada histriônica.

Atrás da entidade, uma caixa evangélica repreendeu:

— *Alaba shuricanta*, o Senhor desce o fogo!

O segurança que estava brigando com o Thor de Manguinhos, juntou os braços numa postura de boneco Lango Lango . Na mesma hora, me lembrei da adolescência, quando, ao som de Steve B e Tony Garcia, a galera saía na porrada no Boêmios de Irajá.

O Thor de Manguinhos levou uma mata-leão de outro segurança.

Ao meu lado alguém gritou:

— **LULA LIVRE!**

O segurança do mata-leão respondeu:

— ME AJUDA, BIRA!

O tal de Bira devolveu:

— **BOLSOMITO!**

O tumulto se tornou uma roda de rock. Eu ria pra caralho. Tinha uma criança mamando uma garrafa de Tobi quente. Ela sorriu pra mim e disse:

— Faz o urro!

A velha atrás de mim pensou que era promoção e perguntou:

— Pão de bataaaaaata?

Quando olhei para trás da velha, o MBL e o MST estavam trocando cuspidas. Em um canto afastado, uma feminista cagava na foto do Feliciano.

Olhei de novo para o Thor de Manguinhos, dominado pela PM, com o cassetete no pescoço. Ele me encarou, olhos suplicantes, tentando murmurar alguma coisa.

O segurança aproximou o ouvido do rosto do Thor.

— Peraê, o cara quer falar. Afrouxa aí. Você vai ficar quietinho? Diz aí.

O Thor de Manguinhos olhou para o teto, já vendo Valhalla e gritou:

— *FREEEEEEEDOOOOOM!*

# CAPRICÓRNIO COM ASCENDENTE EM POBRE

**EU FUMAVA GIFT, MAS, QUANDO ME PERGUNTAVAM** se era pela baixa renda, eu dizia que era anarcocapitalista e usava tabaco piratão, porque imposto é roubo.

Certa vez, um cidadão de rua me pediu um cigarro. Quando ele viu o maço, olhou pra mim com pena e disse:

— Pô, véio, eu não fumo isso aí, não. **FAZ MAL.**

Depois ele pegou uma guimba de Derby no chão e acendeu.

Essa semana, peguei o Caxias que não tem mais cobrador. Como o busão estava cheio, sentei no banco do trocador.

Geral que passava na roleta me dava dinheiro e esperava o troco.

Quando vou ao mercado, os clientes me perguntam o preço das coisas ou se tem Itaipava latão. Nas duas situações, eu confirmo que tenho pinta de fodido (além de obviamente ser um).

Perguntando preço, sou repositor.

Perguntando sobre a Itaipava, na melhor das hipóteses, sou um cliente que só tem grana pra beber isso.

Se eu colocar um boné e passar em frente à Casa & Construção, alguém vai jogar um saco de cimento no meu ombro.

Minha amiga tem cara de âncora de telejornal. Ao lado dela, eu sempre pareço um contrarregra, tipo o Bozó, clássico personagem de Chico Anysio.

No lançamento do livro, vou sugerir contratar alguém pra assinar no meu lugar, pois ninguém vai acreditar que eu escrevi aquilo.

Já imagino os leitores me perguntando:

— Moço da manutenção, é aqui a sessão de autógrafos do Gabriel?

— **SOU EU MESMO.**

— Eu sei que você é da manutenção.

— Não, não. Fui eu mesmo que fiz esse livro.

— Ah, desculpa. Não sabia que o senhor era da gráfica.

# CASAMENTO

**CASAR É GANHAR O DIREITO CONSTITUCIONAL DE** engordar e ser amado. É a libertação da salada, da academia. É se livrar do *shape* desejado e assumir que sempre quis ficar zoado. Thiaguinho, o pagodeiro, casou com a Chiquitita, mas traiu a esposa com a Ambev. Ele engravidou. Suas trigêmeas — Brahma, Skol e Antarctica — estão em fase de desenvolvimento, e, nesse caso específico, todo mundo é pró-vida.

Quem é pobre e já **MAROMBOU**, sabe que frango não pega corpo com banana e farinha láctea. Tampouco sobra dinheiro pra comprar aqueles produtos com nome de anime ruim: Cyborg Megapack, Monster 3000, Blade Blood, Pauduramina.

Ao fodido marombeiro, resta o versículo bíblico mais *true*: "Quem cresce natural é planta".

Você chega no professor da akadimia e pergunta:

— Quanto tá a disposição em ampola?

O professor te analisa, seu corpo tão definido quanto o de um personagem de Minecraft, e pensa: *Aff, caso perdido.*

Ele não vai admitir que vende suquinho Gummy injetável porque é crime, portanto insista até ele dizer:

— Derreal a ampola do Bruce Banner. No primeiro ciclo, tu já sai na mão com o Thor.

Rico é *bodybuilder*.

Pobre é bodypedreiro.

O carinha não entende nada de arquitetura, mas quer erguer a casa. Um autodidata. Começa a pegar série na internet. Injeta óleo mineral nos braços e vai tirar onda de Marinheiro Popeye na Feira de São Cristóvão.

Aí eu penso:

**PRA QUÊ ESSA SATANICE?**

Pelo menos o churrasco me deixa simétrico.

Redondo, mas simétrico.

E dá-lhe supino reto, supino torto, mas bodypedreiro que é bodypedreiro tá nem aí. Desde que você fique com o tórax do Johnny Bravo, as coxas e panturrilhas podem ficar como pernas de ganso.

O cara fica orgulhoso da construção: parece uma obra do Niemeyer...

Uma montanha angulosa equilibrada em agulhas, mas tá de pé.

# ENZO

**NÃO É APENAS NOME DE CRIANÇA; É UMA ESPÉCIE** que deve estar catalogada na Clavícula de Salomão como um demônio que se alimenta do desespero das mães.

Um Enzo nasce quando o Espírito Santo engravida um Xbox, pois não é possível que exista participação humana nisso. Ele já sai do útero pedindo para jogar no celular do médico — e ai do doutor se disser "não"; será brutalmente atacado com arma sônica de 80 milhões de decibéis.

O ritual para controlar essa entidade mefistofélica envolve uma oferenda de açúcar e algumas palavras cabalísticas ditas em voz alta:

**— JÁ FALEI PRA NÃO CUSPIR NOS ZOTRO!**

Um Enzo jamais chora, pois ele não produz lágrimas. Aquilo despejado por seus olhos são sais de ódio enriquecidos com o sono frustrado de quem quer viajar em um ônibus silencioso.

Se houver cinco Enzos em um ônibus, eles vão se fundir em um Megazord e formar um funkeiro que escuta música sem fone no celular.

Qualquer criança nasce tranquila e normal, mas assim que o batizam de "Enzo", o Malebolge abre suas portas e a criança tem seu espírito substituído por Aquele Que Reinará Mil Anos ao lado de Gog e Magog.

Um Enzo pode ser aprisionado em um berço por algumas horas, mas ele vai se teletransportar para perto do gato e puxar seu rabo por volta das 3h da manhã — horário em que espíritos sem luz têm permissão para perturbar os vivos que trabalham em horário comercial.

Quando estiver perto de um Enzo, cuidado: se você sorrir, ele pode encarar como um convite para cuspir na sua roupa.

Não se espante se o seu primeiro contato com um Enzo for um arremesso de um pirulito babado na sua cara.

**UM PIRULITO BABADO SIGNIFICA QUE O ENZO TE AMA.**

E o amor de um Enzo significa Danação Eterna (ou até chegar seu ponto de ônibus).

# CONS-TRANGI-MENTOS

**CERTA VEZ, NA CASA DE UMA MOÇA, NO MEIO DOS** "oh yes, baby", senti uma carícia estranha, não inteiramente desagradável, mas com uma textura áspera e ao mesmo tempo macia. Como estávamos nos beijando durante o ato, a carícia deu lugar à apreensão. Quando olhei para trás, descobri que Jarbas havia lambido minha bunda e agora me olhava fixamente.

Jarbas era um gato de sete anos.

Uma outra vez, em outro lugar e com outra pessoa, estava na cama deitado conversando com a moça.

Até que Panqueca Milady — uma poodle preta do tamanho do Baby Yoda — apareceu brincando com a camisinha usada. Panqueca prendia o flexível artefato entre as patinhas e puxava o látex com muita empolgação. Quando pensei em salvar meus filhinhos das garras do monstro, Panqueca rasgou o preservativo.

E foi assim que participei de um **BUKKAKE CANINO INVOLUNTÁRIO.**

Adolescência. Eu era campeão pan-americano de *crossfit* de prepúcio. Havia acabado de acordar, deitado na minha cama, praticando amor solo,

133

Guns N' Roses tocava no aparelho de som três em um, olhinhos fechados com saudades do que nunca vivi com a professora de inglês.

Tudo corria bem. Já estava com os dedos do pé se entortando, e o ponteiro da bússola apontava para o Norte Magnético...

Eis que senti uma mão me cutucar seguida da frase:
— **ISSO AÍ DÁ PEDRA NO MAMILO, VAI PRA ESCOLA.**
Era meu pai.
Fiquei igual ao Chaves quando toma susto.
Só que com o bingolim na mão.
Não conseguia soltar. Parecia o Mjolnir na mão do Thor.

# ANO-NOVO

**É A DATA EM QUE IEMANJÁ PRECISA CONTRATAR A** Graneiro para guardar tanta oferenda. E começam as resoluções.

"Depois dessas quarenta rabanadas, eu vou ficar fit. Vou começar na segunda com aquele shake de caspa de tubarão e Atalaia Jurubeba."

"Desse ano não passa. Vou realizar meu sonho e fazer um vestibular para a faculdade de pandeiro. Dane-se que papai quer que eu não morra de fome e more em uma república com um gaiteiro boliviano e um anão que veste uma placa de **COMPRO OURO**."

"É agora ou nunca. Vou largar o Ricardo e me declarar para o Wilson Joelho de Porco. Ele paga quatro pensões e fez oito Minecrafts no útero da Marli, mas isso é só um detalhe para o amor."

Quando criança, meu único desejo de Ano-novo era: "Ano que vem quero dois presentes. Um de Natal e outro de aniversário. Nascer no dia 26 de dezembro é o tipo de coisa que só acontece com o Homem-Aranha".

Eu e meu irmão íamos ao Madureira Shopping com mamãe, no intuito de comprar as roupas de Natal. Pobre se arruma todo para seu encontro com Roberto Carlos.

O shopping ficava mais populoso do que a Índia. A fila da Redley começava no Omaha Motel. Todo mundo queria um sapatinho com a etiqueta vermelha e uma bermuda frouxa da Cyclone para mostrar metade do rego.

Nos corredores, um pandemônio de criança:

— MANHÊEEEEEE, VAMO TIRÁ FOTO COM O PAPAI NOEL!

— JANDERSON, VOLTA AQUI, SEU BAFOMÉ. SE TU SE PERDER, VOU TE METER A PORRADA E **DEIXAR O HOMEM DO SACO TE LEVAR!**

Ir ao McDonald's era tradição nesse dia. Eu sentia aquele cheiro de Novalgina na gordura de hambúrguer e a barriga já pedia:

— Três McLanche Feliz e um joguinho vagabundo do Ronald McDonald, por favor.

Hoje em dia, eu sinto preguiça só de me imaginar fazendo compras em fim de ano. Madureira parece a batalha final de *Vingadores: Ultimato*. Agora tem um monte de shopping no subúrbio e ninguém precisa transpirar no 355, que já chegava lotado da Praça Tiradentes e precisava fazer bariátrica no ponto final ao lado do shopping.

Tô começando a entender os idosos.

Envelhecer é tão confortável quanto uma bermuda de tergal.

Acho que eles frequentam filas de banco por causa da saudade da Redley em época de Natal.

Um tempo que não volta mais.

# JESUS CAPRICORNIANO

**SE ELE TIVESSE NASCIDO EM DEZEMBRO, JAMAIS** aceitaria que cobrassem dízimo em seu nome sem exigir *royalties*. Igreja é a casa de Deus? No mínimo teria aluguel. Colocou adesivo "Foi Deus quem me deu" no seu Palio 96? Já era. Vai pagar 250 conto por semana e trabalhar de Uber para o Senhor.

Distribuir peixe de graça? Já viu o preço da sardinha? Nem se os famintos estivessem na fila do pão do supermercado sairiam ilesos dessa multiplicação.

Para começo de conversa: assim que Deus falasse "vou te enviar ao mundo para redimir o homem", Jesus questionaria:

— Sérinho, pai? Olha o calor que faz em Nazaré, parece Manaus no inverno. Não dá para colocar a manjedoura em Bariloche, não? Vou morrer por esse povo e daqui a dois mil anos o Los Hermanos vai imitar minha barba e **TOCAR "ANA JÚLIA"**? Ah, vou não, na moral. Deixa de ser escorpiano e perdoa o Lúcifer. Esse negócio de mandar fogo em Sodoma mata a alma e envenena.

Se for verdade que Maria Madalena era prostituta, Jesus teria amizade colorida com ela só para não pagar por sexo. E esquece essa parada de Linhagem Merovíngia do Dan Brown; Cristo não teria filhos — criança gasta muito.

A Santa Ceia jamais teria acontecido. Para um capricorniano, mais de três pessoas em um mesmo ambiente já é Rock in Rio. Muita gente suada, Judas querendo dar beijo todo salgado na bochecha — tá amarrado em nome de mim mesmo!

E certamente não teria esse lance de dar a outra face. No primeiro tapa, Jesus clamaria uma falange de arcanjos do tamanho do Mike Tyson para descer a porrada nos romanos.

Quando Jesus entrasse no templo e visse os fariseus fazendo comércio, a chibata ainda iria cantar, mas é porque ele não estava recebendo comissão.

E por fim, o calvário seria diferente.

— Pai, não perdoa, não. Eles sabem o que tão fazendo, MANDA DILÚVIO E UM SHARKNADO DE LEVIATÃ CARNÍVORO! **QUERO VER GERAL NA BARRIGA DOS PEIXE TUDO!**

# YAKULT

**TENHO MINHAS MELHORES IDEIAS NO BANHEIRO,** quando simulo uma estátua de Rodin — mão no queixo, olhar na formiguinha perdida em uma encruzilhada dos azulejos.

Certa vez, quando trabalhava em um supermercado que oferecia produtos próximo ao vencimento aos funcionários durante o café da manhã, decidi que ia me matar pela bunda.

Fazia anos que eu não tomava Yakult. Era caro e eu ganhava pouco.

No entanto, estava lá: um *pack* com oito Yakults dando sopa. Olhei a data e estava vencido havia dois dias.

*Ah, são só lactobacilos vivos. Meu filtro de água tem vinte anos, então minha flora intestinal deve ao menos ter dois T-Rex para conter isso aí.*

Mamei as oito chupetas de Bafomé igual criança. Os olhinhos cerrados, tipo cachorro pegando vento na janela do carro.

Acontece que os lactobacilos digievoluíram muito rápido para Cocômon.
**MAH RAPÁ...**
Subitamente, minha energia ficou tão ruim, que uma senhora veio perguntar onde ficava a seção de leite e mudei o horóscopo dela. O Feng Shui nas

banhas estava todo errado, os chacras abriam e fechavam como uma certa parte de minha anatomia.

Tive que correr ao banheiro e entendi como os praticantes de marcha atlética descobrem que têm talento para essa modalidade.

Quando cheguei ao toalete — que na minha opinião teria uma fonética perfeita se cortassem o "a" — havia um monte de funcionários da loja.

*Vai todo mundo sentir o cheiro, mas tô cagando e andando.*

Meio que LITERALMENTE.

Entrei no reservado já seminu, pensando: **POBRE É FODA, TEM QUE EXAGERAR SÓ PORQUE FOI DE GRAÇA!**

Eu tava preocupado com o odor e esqueci o som.

O que nasceu de mim veio à luz com o choro de Sete Bestas digladiando com o Arcanjo Miguel.

Só escutei os caras do lado de fora:

— Eita, o bebê nasceu morto.

Mas não era só uma dor de barriga.

Se o pintor Jackson Pollock visse a minha obra, ia bater palmas e exclamar:

**— PARLA!**

Eu estava grávido de milhares de Bolsonarinhos que foram praticar natação.

Era tanta coisa, que comecei a achar que meu corpo havia se tornado uma biruta de posto de gasolina esvaziando.

*Os oito Yakults já saíram há muito tempo; o que tá vindo agora devem ser órgãos vitais que se desfizeram.*

Me deu vontade de chorar e implorar:

— Por favor, me perdoa, cu!

Mas ele não parava, pois um cu não tem empatia pelo dono.

Hoje fui fazer compras e descobri que existe leite fermentado de um litro.

E eu comprei.

# OUÇA SUA MÃE

**QUEM CRESCEU NOS ANOS 1980, ALÉM DE TER** cheiro de Nescau com o Hollywood filtro amarelo que a tia fumava, já ouviu dos pais:

— **NÃO SAI SEM CAMISA.** Um golpe de vento vai te deixar com a cara torta.

Um amigo de colégio descobriu isso de uma maneira empírica.

Tulio veio da rua todo suado. Duas horas de futebol no asfalto de Realengo, o mais próximo que a humanidade já chegou da superfície do Sol. Se o Superman morasse na Zona Oeste do RJ, não sofreria dano nem se você enfiasse um supositório de criptonita na cueca vermelha.

A molecada veio junto, fila indiana em frente à geladeira da dona Diná, quando a anfitriã advertiu:

— Ô seu bando de Satanases, bebe água misturada. Cês tão muito quente, vai dar choque térmico.

Como a missão do adolescente nessa vida é fazer merda, Tulio, o primeiro da fila, ignorou.

Abriu a geladeira e pegou a garrafa. Como um dromedário, chutou as boas maneiras e meteu a boca no gargalo.

*Glut, glut, glut.*

Deu três goladas e disse em deboche:

— Que mané choque térmico. Tá tranquiiiiiiii...

... E se curvou feito um escorpião com câimbra.

Tulio virou um Benjamin Button. Posição fetal, as mãos em garras de siri, sem largar a garrafa.

Rimos achando que era zoeira, enquanto o maluco caía no chão com um pedido de ajuda:

— Hodor, Hodor...

Tulio estava com um olho aberto e outro fechado, quase um *sniper* mirando em Deus. A boca foi se sylvesterstallonizando em uma vírgula.

— Carai, Tulio. Para de zoeira, isso não tem graça.

— Hodor, Hodor.

Tulio agora era o Duas-Caras, o vilão do Batman com a metade esquerda meio diferente da direita.

— **DONA DINÁ, O TULIO TÁ RECEBENDO SANTO!**
— gritou um anormal.

— **SANTO É O CARALHO, O MALUCO TÁ MORRENU!**

E vem dona Diná, mãe do Tulio, com aquela mistura de fúria e "eu te avisei".

— **PORRA, MOLEQUE, TÁ VENDO, TÁ VENDO?**

Mas Tulio não estava vendo. Ou pelo menos não com os dois olhos.

Acontece que ninguém sabia como tratar um choque térmico, com exceção de dona Diná.

Se Tulio tinha recebido um golpe de friagem, a lógica era que ele deveria ser reaquecido.

Dona Diná puxou um chinelo Rider de três quilos e decidiu que a força cinética da borracha contra o couro do filho iria reanimá-lo.

E funcionou.

Ao ver a mãe feito um Godzilla vindo em sua direção, Tulio se levantou e saiu correndo numa prova paraolímpica improvisada: cem metros com derrame.

Após sobreviver ao choque térmico e a quase surra de Rider, Tulio foi para escola no dia seguinte.

Tava normalzão.

— E aí, Tulio? Ficou bem?

— Mais ou menos — disse ele.

— Mas tua cara tá normal.

— Tá sim.

— Então o que houve?

Tulio não falou, mas dona Diná contou que, por duas semanas, ele precisou fechar o olho esquerdo **MANUALMENTE** antes de dormir.

# FÉ NAS MALUCA?

**MUITO ANTES DO TINDER — ESSE NETFLIX DE PES-**soas onde todos os filmes são sobre gente na praia bebendo Heineken —, os encontros *on-line* eram um salto de fé.

Não havia fotos, então você enchia o peito de esperança, pegava o MSN da consagrada pelo bate-papo do UOL, e rezava para que a beleza dela não tivesse gráficos de Playstation 1.

Como sempre fui um Nitendo 8 bits, se a mina fosse um Atari, eu já comemorava a guerra de beiços travada no escurinho do cinema. Como alguém que cresceu jogando RPG, sei que as melhores aventuras acontecem com dois dragões cuspindo fogo na cara um do outro.

Para começo de conversa, gente feia existe. Somos a maioria silenciosa que precisou desenvolver outras habilidades para competir com os Whey Persons. Sabe aquele cara que trepa no motel fazendo pose diante do espelho em uma automasturbação terceirizada?

Um feio jamais fará isso.

Feios são como Dorian Gray: a gente não olha a própria imagem, porque sabe que vai dar ruim.

Em uma dessas incursões (gente bonita flerta, feios fazem missões) em busca de caridade sexual no bate-papo do UOL, eu, Tiamat, encontrei meu Demodragão.

A moça era inteligente, entendia de arte, falava sobre filmes iranianos que nem o diretor teve paciência para assistir.

Dizem que é impossível se apaixonar a distância, mas isso não é verdade. Aliás, caso você não saiba, paixão é um estado mental considerado demência temporária pela neurociência.

Nesse estado de retardamento, você ignora os alertas vermelhos que sua intuição te passa, como, por exemplo, o fato de que não é normal a pessoa te chamar para morar com ela sem nunca ter te visto pessoalmente.

Mas aquilo já tinha começado errado no MSN e vai aqui uma dica: não tente ser quem você não é. Em um encontro ao vivo não tem Photoshop ainda que você use mais maquiagem do que o Ney Matogrosso. As pessoas percebem que o filtro do Instagram está tão potente, que se mijarem na sua foto, a água sai potável.

A moça usava uma foto de dez anos atrás, toda manipulada. Ela dizia que era o Shazam, mas pessoalmente conheci um Billy Batson.

E tudo bem ser um Billy Batson. Apenas seja honesto com o outro.

Mas agora começa o inferno.

A moça me apresentou o pai dela. Um senhor simpático, cara de vovô estilo novela das seis, com direito a suspensórios e gravata-borboleta.

Meses depois, quando estava ajudando a moça a arrumar o escritório, achei uma foto de pai e filha um tanto comprometedora.

Era uma foto de casal.

**O CHOQUE VEIO COMO UMA MARRETADA.**

Ao confrontar a moça, ela disse:

— Ele não é meu pai. Foi meu amante quando estive casada. Hoje é só meu amigo. Desculpa pela mentira.

Mentira?

Moça, mentira é esconder o peso fazendo foto de biquinho no Instagram. Isso é uma trama da Glória Perez com participação especial de George Lucas.

REBOBINA ESSE VHS QUE TÁ MAIS COMPLEXO DO QUE O SERIADO *DARK*.

Você já foi casada? E teu-pai-que-não-é-teu-pai foi teu amante? Carai, eu perdi a primeira temporada inteira dessa série.

Velho, a mina chifrava o ex-marido com uma versão masculina da Dona Benta! Eu não ia esperar para participar de um *ménage* com a Cuca.

Calma, tem mais, a história não acabou!

Antes de descobrir que fui abduzido para um conto de Nelson Rodrigues, a mina roubou o cartão de crédito da minha amiga e causou uma **TRETA CONSTRANGEDORA.**

Decidi terminar, mas a mina teve um piripaque e tive que acompanhá-la em uma internação psiquiátrica, porque ninguém da família queria assumir o abacaxi.

E lá vou eu, à noite, para um retiro em meio a pessoas que conversam com o próprio sovaco.

Fiz até amizade com um interno, o Damião. Ele era legal. Mas disse para eu chamá-lo pelo apelido: Marcha à Ré.

Descobri o motivo quando ele se despediu de mim, levantou-se do banco onde conversávamos e saiu andando em *moonwalk*, estilo Michael Jackson.

Em algum momento, a minha ficha caiu.

Eu estava emocionalmente fodido com uma pessoa mais emocionalmente fodida ainda, em um manicômio.

Ela dizia que ia se matar caso eu terminasse.

E fazia isso com um sorriso perverso no rosto.

Quando a situação me atingiu, tive a pior crise de choro da minha vida. Sabe quando faz bola de meleca e você fala como a Chiquinha do *Chaves*? Ela, tentando me acalmar, pegou uma das medicações que tomava (que tal parar de dizer que vai se matar por eu terminar?) e disse:

— Toma. Isso vai te apagar.

Eu tomei.

Mas esqueceram de me contar uma coisa: algumas pessoas sofrem reação contrária com calmantes.

Meia hora depois de tomar aquela bolinha, eu **TIREI A ROUPA E FIQUEI PELADO**, FUMANDO NO JARDIM DA CLÍNICA ÀS 3h DA MANHÃ, GRITANDO:

— MARCHA À RÉ, MARCHA À RÉ, BORA JOGAR BOLA DE GUDE!

Sim, essa porra de história É REAL e me arrependo profundamente de não saber que remédio era aquele.

Eu teria virado traficante daquela porra.

# ENFIEI UMA FACA EM MIM

**EU TINHA UMA VERRUGAZINHA NA BARRIGA QUE ME** acompanhou por uns vinte anos. Um dia, estava de bobeira (vendo Xvideos, ignore) no banheiro e me deu uma crise de Rambo:

— Tá aí, vou me mutilar com uma faca.

Parece uma ótima ideia, não? Tem gente que joga pingue-pongue, eu arranco pedaços do próprio corpo.

E lá vou eu pegar uma faca **DE SERRA** e uma meia garrafa de Campari frutas vermelhas (tu achou que esse **OGRO** teria álcool em casa?).

Antes que eu tentasse me inocular com tétano, minha namorada me ligou:

— Gabs, tá fazendo o quê?

*Autocirurgia estética amadora*, pensei, mas respondi:

— **NADA.**

— Posso ir aí?

— Pode. Vou deixar o portão aberto.

Fiquei de cueca no banheiro. Taquei Campari na verruga e na faca, dei início à minha experiência empírica para comprovar que mente vazia é oficina do Malafaia.

147

Comecei a serrar a verruga. Já cortou uma verruga?

Sangra.

**HOR.**
**RO.**
**RES.**

Em determinado momento, cocei a cara e fiz uma pintura indígena involuntária.

Olhei-me no espelho e eu parecia um sobrevivente de *O massacre da serra elétrica*, todo besuntado de O+ e CAMPARI FRUTAS VERMELHAS.

Consegui tirar a verrugazinha e me bateu uma curiosidade. Fiquei encarando o abortinho que saiu da minha barriga.

Eis que escuto um grito.

Minha namorada me olhando da porta do banheiro como quem vai ser assassinada por um psicopata.

Eu, de cueca, faca ensanguentada na mão, pintura de guerra apache, sangue pelo corpo todo, com um **PEDAÇO DE MIM** entre os dedos, tentei explicar.

Ela saiu correndo e fiquei no vácuo.

— ... Olha, minha verrugazinha...

# DIA DE SÃO COSME E DAMIÃO

**EM DIA DE SÃO COSME E DAMIÃO, OS CRIANÇOS** sonham em comer paçoca, pirulito e tudo aquilo que as indústrias fazem para que seu filho receba os mesmos valores nutricionais de um episódio da Netflix.

Contudo, quando eu tinha sete verões na minha carne marrom-pagodeirinha, mamãe achou uma boa ideia me levar na macumba, onde oferecem manjar e doce de laranja-da-terra.

Você já comeu doce de laranja-da-terra? É necessário ter o paladar apurado de um soldado do Talibã escondido há seis meses em uma caverna para conseguir apreciar essa iguaria. Alguém que dormisse abraçado a um AK-47 e se hidratasse chupando a umidade de uma estalactite certamente adoraria esse doce típico, cujo sabor alcalino traz algumas notas cítricas de areia de obra.

E lá fui eu e meu irmão ao terreiro, ambos de mãos dadas com mamãe, uma católica praticante do ecumenismo desesperado de quem colocou no mundo duas crias drogadas com açúcar:

— Mãe, mãe, **MANHÊÊÊÊÊÊÊÊÊ**, quero doce, **QUE.RO.DO.CEEEEEEEEEEEEEEEEEEE** — berrava eu e meu *brother*, que, embora não fosse gêmeo, compartilhava comigo uma solitária do tamanho do túnel Rebouças.

Chegamos ao terreiro e vimos uma senhora de branco que falava como crianço, brincava como crianço, mas definitivamente não era um crianço.

Para ser franco, dado que naquela época eu tinha o mesmo conhecimento teológico que um alemão teria dos mapas de Sergipe, encarar aquela senhora incorporada foi como ir ao circo para ver Patati Patatá e assistir a um show do palhaço Pennywise.

Para piorar, a senhora — que devia ter nascido na época em que Silvio Santos ainda não tinha transferido sua mente para um ciborgue — veio até nós dando umas cambalhotas que desafiavam a geriatria de sua coluna vertebral.

A essa altura do campeonato, meu irmão caçula já estava chorando, e eu havia perdido a vontade de ingerir glicose como se fosse cocaína.

Nós nunca tínhamos ido a qualquer outro culto que não fosse um onde houvesse um velho com roupa preta de feiticeiro, e sotaque italiano do interior de São Paulo.

Ironicamente, eu não me assustava em ir a um local repleto de estátuas de caras crucificados e santos devorados por leões; mas ver ao vivo uma velha que deveria se deslocar como o professor Xavier se movimentando como uma personagem de *Kill Bill* causou um curto-circuito no meu cérebro de sete anos.

A velha devia ter **777 ANOS.**

Eu tinha sete e não conseguia dar **AQUELAS** cambalhotas, pois fui criado com videogame ATARI, o equivalente a uma barra de supino reto para um garoto com dificuldades em caminhar e mascar chiclete ao mesmo tempo.

Portanto, além do horror do primeiro contato com o sobrenatural, eu senti uma inveja filha da puta daquele Erê. Não era justo a velha ter a destreza do Jiraya enquanto eu tinha a destreza de uma betoneira.

A velha se aproximou com seus paranauês e colocou as mãos para trás. Pediu para eu escolher uma das mãos.

Eu escolhi.

A velha me mostrou um pequeno pote de doce.

A minha frustração já começou aí. Custava oferecer um pirulito Zorro ou uma drops de Bala Banda? Até um Lanche do Fofão (um *waffer* que devia ser assado no fogão do próprio Satã, pois já chegava mofado na embalagem).

O Erê me deu um doce de laranja-da-terra. O coitado tava feliz por eu ter aceitado. Dei uma colherada, e minha língua teve uma explosão de sabores: brita, folha seca, couro cabeludo, limão com sal, areia de praia, depressão, tapete velho, **MAS NADA, NA.DA. DE LA.RAN.JA.**

Aliás por que colocaram laranja no nome do doce? Aquilo obviamente é feito com uma fruta de plástico comprada nas Lojas Magal.

Para uma criança de sete anos, nem laranja tem gosto de laranja, quanto mais aquilo.

Aos sete anos, todos sabemos que o verdadeiro sabor da laranja só existe no Suco TANG.

151

# MOÇA DO GREENPEACE *VS.* EU

— OLÁ, VOCÊ CONHECE O GREENPEACE? — QUESTIO-nou a menina na rua, vestida com um colete estilo Richard da Rede Record.
— A tal ONG que o fundador meteu o pé?
— Posso conversar com o senhor?
— Moça, sem tempo, irmão. — Tentei fintar a mina, mas ela me bloqueou com a habilidade de um jogador da NBA, apesar de ter a altura de dois Smurfs equilibristas.
— Você tem cartão de crédito?
— Tenho, mas não vou usar. Sou de capricórnio. Toda vez que digito minha senha na maquininha, perco dezesseis células no meu coração.
— Deixa só eu ver o número, moço. — A greenchata esticou a mão e inclinei para trás estilo *Matrix*.
— Olha, isso deve ser assédio ecológico em algum universo paralelo — reclamei.
— Mas o senhor não gostaria de salvar a natureza?
— Para ser sincerão contigo, eu sou um daqueles que acendem vela para que Exu Caveira venha montado no meteoro da extinção.
— Por apenas 30 reais, o senhor pode salvar as baleias.
— Tenho 75 centavos no bolso. Dá para salvar o quê com essa quantia?
— Um ácaro, moço.
— Então prefiro deixar morrer. Sou alérgico.

# COMO FUNCIONA GRUPOS DE ALUGAR CASA/ QUARTO

**POSTAGEM 1:**

Alugo uma gaveta para morar em Copacabana. Vaga compartilhada com o Stuart Little. Procuro alguém que trabalhe e estude — não quero que você passe mais de duas horas no local que você alugou, embora faça questão de receber seu dinheiro. Sem regras malucas, mas não pode trazer visita da mãe e ouvir Jorge Vercillo. Se você for de escorpião, paga multa. Lavar panelas só pode se você for um lobisomem que se transforma em um porteiro chamado Bira nas noites de lua cheia.

**VALOR R$ 1.500.**

**REAÇÃO: POR FAVOR, ME ALUGA, AI, MEU DEUS, PERTINHO DA STARBUCKS, VOU ESCREVER FORA TEMER NO COPO E POSTAR NO INSTA.**

## POSTAGEM 2:

Divido apartamento na Zona Norte com dois quartos grandes o suficiente para você produzir meta-anfetamina e ser o novo Walter White. BRT com conexão para o metrô tão perto que o ônibus passa no seu cu. Se você peidar em casa, estraga a cebola na seção de hortifruti do supermercado Extra e os bancos são tão próximos, que você não receberá ligações de Curitiba; a moça vai bater na tua porta pra cobrar. Tem regra nenhuma. Se quiser trazer namorada ou namorado, seja hétero, trans, cis, mineral ou animal, foda-se, só não atrapalha meu Playstation.
Valor aproximado: R$ 650 já com luz, aluguel, condomínio, internet de 50 mega e um roommate que só vai te encher o saco se você tiver contraído ebola ou transar com um dragão-de-komodo sem autorização do Ibama.

**REAÇÃO: AH, TÁ CARO. TEM PONTO DE UBER NO PÁTIO? O METRÔ PASSA NO BANHEIRO?**

# DIA DOS NAMORADOS

**É QUANDO ATÉ A SUÍTE GONORREIA DO MOTEL TÁ** ocupada. O Uber vai cobrar em bitcoin e os incels vão passar Malbec antes de abrir o Xvideos.

Já foram para o motel de ônibus? Eu já. Na maior cara de pau.

Ou com o pau na cara, sei lá.

Desci do 919 Rocha Miranda com a cocota em frente à alcova da morte.

Eu subia a rampa da Babilônia cheio das caligulagens na cabeça, enquanto a mina tentava se esconder atrás do cabelo como se fosse a Samara Morgan envergonhada com necrofilia.

Os maluco do ônibus tudo gritando:

— **POOOOOOBREEEEE! PAGA UM TÁXI!**

Mermão, um cara que tá indo a RO.CHA.MI.RAN.DA não tem nem o direito de pronunciar "conta-corrente" sem ficar emocionado, quanto mais chamar alguém de pobre. Aliás, não se diz que tem muito pobre em Rocha Miranda. Se fala que tem muita Rocha Miranda naquele pobre.

Entrei.

Não tinha quarto. Tudo lotado. O motel chegava a vibrar as paredes.

Diante da ideia de sair **A PÉ, DE FRENTE PARA A RUA** do motel, resolvemos esperar um quarto vagar.

Para minha surpresa, a saletinha estava cheia de casaizinhos salientes. Um deles praticava uma lavagem de tímpano não recomendada pela Organização Mundial de Saúde. Se aquela mina comeu feijão no jantar romântico, era só colocar um algodão no ouvido do maluco que em breve ia nascer um pacote de Combrasil ali.

Demorou tanto para vagar um quarto, que os casais fizeram amizade na recepção e já tinha gente **JOGANDO BARALHO**.

Mais um pouco e o pessoal ganhava intimidade o suficiente para sugerir uma festa de swing ali mesmo.

Contudo, o *plot twist* foi quando vi meu vizinho com a namorada (que também era minha vizinha casada com **OUTRO VIZINHO**).

Eles chegaram de fininho e ficaram no escuro achando que iam escapar.

Comentei com minha namorada. Fomos para o cantão mais escuro da recepção e ficamos assombrando os adúlteros com voz de criança:

— Seu Antôoooooooonioooo. Dona Margareteeeee. Eu tô vendo aquilo que o seu Aníbal não vêeeeeeeeee. O corno vai sabeeeeeeeerrr.

O velho ficou tão assustado que deu pra sentir o cheiro do Viagra no suor em sua testa.

# HOMEM FAZENDO ÔMICE

**UM AMIGO DISSE QUE TRAIU A NAMORADA.**

Com a sogra.

E não tô falando de uma MILF embalsamada no botox; me refiro a uma **SUELI CLÁSSICA**, com cheiro de talco Granado e que prepara *hotdog* no pão francês quando os amigos do filho vão jogar videogame no quarto.

Se esse amigo tivesse feito ménage com um Texugo, eu ainda teria palavras, mas isso? Só me restou balbuciar:

— CTHULHU FTAN'G, MULEKE! SHERIBADADARARÁ!

— A Valdívia não vai me perdoar.

— Mano, se o nome dela é Valdívia, nem ela se perdoa, vai por mim. Mas por que a dona Valdívia tem que te perdoar?

— Não, Valdívia é minha namorada.

Se a namorada se chamava Valdívia, não queria nem saber o que tava registrado na certidão de nascimento da sogra. Devia ser algo como **NABUCODONOSORA OU ANTUÉRPIA MARIA**.

Olhei a foto da Valdívia já esperando uma selfie na cozinha, preparando arroz-doce para seus dois filhos, Axel Flávio e Britney Cirlene, mas a cara da moça era de uma Cinthia ou Priscilla. Devia ter uns 25 anos.

157

Depois olhei a foto da Nabucodonosora e confirmei minhas suspeitas de que a sogra havia saído da mesma forma que fazia empada sabor Hebe Camargo.

— Eu sempre curti mulheres maduras! — meu amigo exclamou.

— Cara, curtir mulher mais velha é diferente de ter tesão na Ioná Magalhães! Você tem 22 anos e teu Édipo pulou uma geração!

— O que eu faço?

— Ignore o Setembro Amarelo **E CUMPRA SEU DESTINO, MISERÁVI!**

— Me ajuda, Gabs. Não sei o que fazer!

— COMO DIABOS EU VOU SABER? NUNCA TRAÍ UMA NAMORADA COM ALGUÉM QUE A AMAMENTOU!

— Eu sou muito ingênuo, ela me seduziu.

— ELA TE SEDUZIU? MULEKE, TOMA VERGONHA NA CARA! UMA SENHORA DESSAS TE SEDUZIU COMO? OFERECENDO BOLO DE FUBÁ COM VIAGRA?

Aliás, convenhamos: que tipo de mãe faria isso com a filha? Se essa senhora tivesse mais dez anos, provavelmente seria uma imigrante que chegou aqui fugindo de Sodoma e Gomorra.

— Vou contar a verdade!

— **NÃO! TU VAI DESTRUIR A FAMÍLIA!**

— Mas é o certo!

— O certo nesse caso é tu beber creolina com gin tônica, mas vamos fingir que todas as vidas importam!

— Tá bom. Então me diz o que fazer.

— Tu vai fazer o seguinte: pega uma folha de samambaia e joga capoeira.

— **QUÊ?**

— Uatagata gata tiviuuimama, givruei, givruei, Givruei now!

— Que porra é essa?

— É que não sei como acabar esse texto e preferi citar Red Hot Chilli Peppers.

**ASSINE NOSSA NEWSLETTER E RECEBA INFORMAÇÕES DE TODOS OS LANÇAMENTOS**

www.faroeditorial.com.br

### CAMPANHA

Há um grande número de pessoas vivendo com HIV e hepatites virais que não se trata. Gratuito e sigiloso, fazer o teste de HIV e hepatite é mais rápido do que ler um livro.

**FAÇA O TESTE. NÃO FIQUE NA DÚVIDA!**

ESTA OBRA FOI IMPRESSA EM MARÇO DE 2021